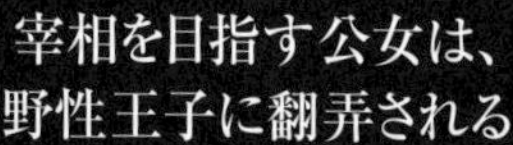

宰相を目指す公女は、野性王子に翻弄される

Maiko Kiri
桐舞子

Illustration

園見亜季

CONTENTS

プロローグ

数か月もの間、さまざまな思いを巡らせながら、船内で過ごした。

慈しんでくれた両親、ともに遊んだ親戚の子どもたち、家族の世話をしてくれた人びとの記憶を辿りながら、どこまでも続く青い海を眺める日々だった。

「やっと着いたんだな」

他の大陸や国々を経由しながら、ようやく港に到着し、多くの乗客は笑顔で船を下りていく。

大型船でいくつかの大陸を渡る客の多くは、貿易商か使節団、あるいは王侯貴族や資産家くらいで、身なりもいい。つき添いの使用人もだ。

そんな中で、彼ひとりだけが粗末な衣服を纏っていた。

ほとんどの客が彼を船員と勘違いしていたほど、大型船に乗るのに相応しい格好ではなかった。

乗船中は「どうしてあのような身なりで、この船に乗れたのか」と、陰で囁いていた者もいたらしい。

大陸を渡る客など数が少ないから、大型船自体がそれほど運航していないため、船代も高額となる。

それでも彼は何年もかけて、帰国するために、乗船運賃を貯め続けた。

「十三年ぶりか」

船から下り、その国に足を一歩踏みいれたとき、心の底から湧き上がってくるほどの感動を覚えた。

「皆、元気にしているだろうか。父上、母上、そして……」

あの幼い少女はどうしているだろう。可愛らしく、幼いながらもしっかりとした子どもだった。

そして『とてもすばらしいです。わたしは……がだいすきです。わたしは……と……します』と、はきはきとした声で約束してくれた。

どのような女性に成長したのか。

両親、親族、幼なじみすべての人たちに会いたいという気持ちが、いっそう強くなってくる。

「早く王都に行かなければな。すぐに帰るから、父上、母上、ネイディーン」

彼はこの世でもっとも大切な両親と幼なじみの名を口にすると、手にしている荷物袋を肩に担ぎ、王都へと足を急がせた。

第一章　帰国した王太子

ラウィーニア王国国王の居住する宮殿は、森林に囲まれた自然豊かな敷地の中央に建築されていた。

その森林を抜けると、他の王族や貴族の屋敷が建ち並び、さらにその周辺には裕福な商人や資産家の家があり、煌びやかな住宅街となっている。

その豪邸から離れた先には、庶民の家が大勢を占め、店の数や人の往来も多く、活気に溢れていた。

ところがその表通りの裏にある下町は建物が古く、住人が身に纏っている衣服も古びたものが多い。

ここは低賃金で働いているか、あるいは職を失った者が住む町だ。

生活も苦しく、路上で遊んでいる子どもたちの服でさえ、薄汚れ、綻びかけている。

富裕層の中には、足元に小皿を置き、道端に座り込んでいる者に、小銭を恵む者がいる。

この気まぐれに入れてくれる金で、彼らは数日は空腹を凌げる。

そんな下町には、月に一度、王家の血を引く公女が訪れる。ここに借りた家で、料理を作るためだ。

「さて、と」

国王の又従兄弟を父に持つネイディーンは、干し肉や豆、野菜をふんだんに入れたシチューを小皿に入れ、味見をする。

「美味しい。これならみんなも喜ぶわ」

みんなというのは、この下町に住む人びとのことである。

ネイディーンは毎月一日になると、満足に食事ができない住人に、自家製のシチューを作り、振る舞っていた。

「公女さまも変わったお方ですね。王家の遠縁にあたられる身分で、自ら料理を作り、生活苦を抱える者に配給なさるとは」

疑問を投げかけるのは、ネイディーンの屋敷の厨房で働いているカミラという小柄な中年女性だ。大量のシチューを作るのは時間がかかるため、いつも手伝ってもらっている。

「そんなに変わっているかしらね？」

確かに料理を作れる王侯貴族の娘は、滅多にいないだろう。

ネイディーンにしても二年前まではシチューどころか、包丁の使い方さえ知らなかった。

「しかもこの家に来るときは、いつも地味なドレスに着替えていらっしゃる」

普段着ているフリルのある袖口や裾のドレスでは目立つ上に、住人からは「どうせ裕福なお嬢サマの慈善ごっこ。ただの人気取りさ」と、反感を買う。

下町にいる間は、なるべく質素なデザインのものを着るように決めている。

「でも公女さまはどんなお召しものを着てらしても、綺麗でいらっしゃいますけれどね」

「ありがとう」

ネイディーン自身、それほど美人だとは思っていないのだが、お世辞でも綺麗だと言われれば嬉しいものだ。

この世に生まれて十八年、ネイディーンはニューエル公爵家のひとり娘として、不自由ない生活を送ってきた。

両目はやや吊り上がっていて周囲にきつい印象を与えているようだが、翡翠色をした瞳は「宝石のようだ」と、称えられている。

スラリとした体型に、年齢より大人びた容貌がまた気高く美しさを増していると評価する王侯貴族の男性もいるが、これもお世辞だろう。

この狐目が強気な女性をイメージさせているようで、異性から交際の申し込みすらないのだ。

「ネイディーン、シチューはできたかい？」

ネイディーンが頭に被っていた三角巾を取り、情熱的な赤い髪をリボンでまとめ直していると、ラフな格好をした青年が姿を現した。

国王の甥であり、第二王位継承者であるクラレンス公爵フレデリックだ。数年前、父王弟の死去により、爵位を受け継いでいた。

「フレデリック」

ネイディーンより七歳年上のフレデリックは二十五歳。栗色(くりいろ)の柔らかな髪をし、すっきりとした顔立ちで、常にさわやかな表情を崩さず、独身女性から人気の青年である。

病気がちの国王に代わり、最近では政務を司(つかさど)ることも増えてきている。

多忙にもかかわらず、ネイディーンが貧困者に食事を提供したいと相談したら、こうして手伝いに来てくれる優しい人だ。

ネイディーンにとって、フレデリックは頼りになる遠い親戚で、仲のよい幼なじみでもある。

「今日も美味しくでき上がったわ」

「じゃあ、鍋を持つよ」

「助かるわ」

なるべくたくさんの人が食せるようにと、大きな鍋が五つもある。女性のネイディーンやカミラが持つには重すぎるので、いつもフレデリックと使用人に扮(ふん)した護衛官たちが布で取っ手を巻き、荷台に載せ、広場まで運んでくれるのだ。

「さあ、行きましょうか。お腹(なか)を空(す)かせている人たちが待っているわ」

「ああ、そうだね」

ネイディーンとフレデリックがいっしょに荷車を引き、さらに後ろからカミラや護衛官も押してくれる。

王族である以上、どこに行こうが護衛官がつく。これは仕方がないことだ。ましてやフレデリックは国王に近い立場だ。ネイディーンひとりだけなら、それほど護衛の数は多くない。しかもこうして団体で歩いているから、どうしても目立ってしまうのだが、逆に注目を集め配給日と宣伝できるから助かってもいる。

「おや、今日はお嬢さんたちがパンとシチューを配ってくれる日だよ」

「いつも助かるね」

下町の住人は、ネイディーンのことを「お嬢さん」と呼んでいる。フレデリックのことは「若旦那さん」だ。

彼らからすれば、裕福な貴族が月に一度、慈善活動をしてくれているという認識だろう。

それでもネイディーンたちが来れば、多くの住人が食器を手に集まってきてくれる。

「それにしても君は変わっているね、ネイディーン」

「あら、どうして？」

「公女が自らシチューを作って、人びとに配給するなんて珍しいことだよ」

「さっきカミラにも、似たようなことを言われたわ」

王侯貴族が、民に施すこと自体は珍しいことではない。ただ実際には、食料や衣類の配給をするときは、家臣に任せている者が多い。

だがネイディーンは別だ。自分で食料を調達して、シチューを作る。

初めて包丁を握ったときは野菜の切り方は大ざっぱで、塩の分量を間違え、とても人間が口にできる料理ではなかった。

公爵家に仕えている料理人から直に指導してもらい、ようやく自家製のシチュー作りに成功した。

「だって自ら作ったものを配給すれば、困っている人たちの声を直接聞くことだってできるわ」

数年前、自国の民がどんな暮らしをしているのか、フレデリックに頼んでお忍びで連れだしてもらい、貧困層の実態を知った。

表通りでは豊かに暮らしている民がいる反面、下町に住む者の大半は一日生きていくだけで精いっぱいだった。

彼らのために、今のネイディーンができることをしたいと思ったのだ。

「もし君が政治を司る地位にあったら、とても頼もしいだろうね」

「もし？　わたし、この国の頂点を目指すつもりよ」

「えっ？」

フレデリックは両目を丸くしていた。

きっとネイディーンの発言を聞いた人ならば、誰もが驚くことだろう。

ラウィーニア王国だけでなく、どの国でも女性が頂点に立つと言ったら、女王を指すからだ。

「まさか女王の座でも狙うつもりかい?」

「なにを言っているのよ? わたしの王位継承順位なんて、ここ一年で、何度も上がり下がりがあるくらい下位なのよ?」

国王に近い血筋なら、滅多に継承順位が変わることはない。

しかしネイディーンのように遠い親戚となると、自分より上位にある継承者の出産や死亡で、順位が変わることなど珍しくなかった。

「じゃあ、なにになるつもりなんだい?」

「わたし、宰相を目指したいの」

「宰相っ?」

驚いたフレデリックの両肩が上がる。

近年になって、現国王の方針から要職入りする女性も現れてきたが、それでも宰相は男性以外にあり得ない。

しかもラウィーニア王国では、これまで宰相の地位は継承順位が遠い男性王族が就いている。

宰相が男性でなければならないという法はないが、これまで女性が就いた前例はない。

「わたし、宰相になって、困っている人たちを助けたいの」

「それは僕も同じだよ。亡くなった僕の父も、常に貧しい民のことを考えていた」

「そうね。フレデリックのお父さま、王弟殿下は素晴らしい方だったわ」

現国王は若いころから病気がちなため、代わって王弟が政務に励んでいた。

王弟はささいなことで諍いの絶えなかった貴族たちを束ね、生活の苦しい民を救済するために活動し、多くから慕われていた。

「僕は亡き父を尊敬している」

「その遺志を継ぐフレデリックも素晴らしいわよ。だからわたしは宰相となって、あなたの助けになりたいの」

「ネイディーン……」

フレデリックは少し照れ臭かったのか、頬が赤くなっている。

「宰相となれば、次期国王となるあなたを補佐できるわ」

「僕は次期国王って言われるけれど、正確には第二王位継承者だ」

「そうは言っても、王太子殿下は……」

ネイディーンにはそれ以上口にするのは憚られた。

実は国王には、亡き王妃との間に王子がひとりいたのだ。

いまから十三年前のことだ。王宮に盗賊が押し入り、当時まだ十二歳だった王太子ライオネルが人質として連れ去られてしまった。

盗賊側は王太子の命と引き換えに、身代金を要求してきた。宰相が指定された場所に多額の現金を置いてきたのだが、誰も受け取りに来ることはなかったという。

そのまま王太子は行方(ゆくえ)不明となり、未(いま)だ発見されていない。生きていれば現在は二十五歳になっている。

王宮内では、すでに王太子の生存は絶望との見方が強い。ただ誰もが国王に遠慮して、王太子の安否についての話題を避けていた。

「わたしはまだ五歳だったけれど、両親や親族が大騒ぎしていたのを憶(おぼ)えているわ」

王太子が誘拐されて、捜索にあたったのは兵士だけではない。両親であるニューエル公爵夫妻を始め、王侯貴族総動員でどこかに手がかりはないかと、他国まで足を延ばし、捜し続けたのだ。

そのため両親が何か月も屋敷に戻らず、寂しかったのを憶えている。

「僕も十二歳だった。ライオネルとは三か月違いで生まれ、兄弟同然の仲だったし、どこかで生きていてほしいと願っているけれど……」

もはや生きてはいまいと、誰もが心の中で諦めているのだ。

「王太子殿下が行方不明であられる以上、どうしようもないわ。でもあなたなら立派な国王になれるわ、フレデリック。わたしが保証する」

「君にそう言ってもらえるのは嬉しいよ、ネイディーン。僕にどこまでできるかわからないけれど、少なくともこの配給が不要になるような国にはしたいね」

「わたしも喜んで手伝うわ。それに、あなたが昔、話してくれたことがきっかけとなって、わたしは宰相を目指そうと思ったのよ」

「昔？　僕、なにか言ったかな？」

「憶えていないの？」

「いや、ちょっと……」

フレデリックが首を捻っている。昔のことだけに、すっかり忘れてしまったのだろう。

「まあ、いいわ。とにかく宰相になれば、国を動かせるから、多くの人を助けられるもの」

「ああ、そうだね」

フレデリックがクスッと笑うと、ネイディーンもつられるかのように、口もとが綻んだ。

せっかく王家に連なる公爵家に生まれたのなら、宰相になって、国を動かしてみたい。もちろんそのためには多くの勉強が必要だ。大変だが、なにもしないまま諦めたくはない。

「さて、広場に到着したところで、パンとシチューを配りましょうか」

「そうだね。国を動かすことより、まずはこっちが先だ」

ネイディーンは準備を始めると、両手を口もとにあてた。

「さあ、みんな！　月に一回の配給日よ。並んで！」

ネイディーンの大声で、集まってきた人びとが一列に並んでいく。

「オレァ、このシチューを楽しみにしてんだ」

「あたしもだよ」

ほとんどの住人は皿とスプーンを持参してきているので、こちらで食器を用意する必要はない。ただ、たまに通りすがりの旅人が並んでいるときもあるので、いくつか屋敷から用意してある。

「今日のシチューも美味しくでき上がったわよ」

ネイディーンは縦長の巨大鍋の蓋を開け、おたまでシチューを掬い、並んでいる人たちの皿へとよそう。

そして受け取った人は、隣のフレデリックからパンを貰い、冷めないうちにと広場で食す。

「ああ、ほんとうにお嬢さんのシチューはいつ食べても美味しいよ」

「生き返るようだ」

自分の作ったシチューを食べ、満足してくれる人たちがいる。単に寄付をするだけなら、こんな喜びは味わえなかった。

「まだパンやシチューが余っているから、おかわりがほしい人……」

並んでいた全員に配給を終え、「おかわりがほしい人はどうぞ」と言おうとしたら、荷物袋を担いだ若い男がネイディーンの近くへと寄ってきた。

「へぇ、ここで配給やってんのか」

年齢はフレデリックと同じくらいだろうか。

灰色の瞳が鋭く、凛々(りり)しい容貌をしているが、柔らかそうな黒髪はボサボサで、衣服も綻びかけ、薄汚れている。背が高く、肩幅が広くて、体格はがっしりしているが、あまり食べていないのか、頬がややこけている。

「旅の方？　初めて見る顔ね」

特徴的な容姿をしているから、一度会ったら忘れなさそうだが、まったく見覚えがない。下町の住人ではなさそうだ。

「ああ、セア大陸から海を渡ってきて、ようやくこのユスフ大陸のラウィーニア王国の港に到着した」

「セア大陸から？」

それは相当長い旅だったはずだ。

ラウィーニアを始め、およそ三十の王国があるこのユスフ大陸から、セア大陸までは、数か月はかかる。さらに港から王都まで、馬車なら三日ほどで着くが、徒歩では相当な日数が必要だ。

「俺にもシチューを分けてくれないか？　下町の者でないと配給はダメか？」

無料なのだから、どの国の人間だろうが、分け隔てなく提供するつもりだ。

「別にかまわないわよ。フレデリック、お皿はあるわよね？」

「ああ、どうぞ」

「ありがとう。助かる。もう旅費も底をついたからな」

ネイディーンはフレデリックから受け取った皿にシチューをよそい、手渡した。

旅人はやっと食事にありつけるとばかりに、笑顔で地面に座り、早速口にしている。

シチューの味を堪能するかのように、ひと口ずつゆっくり具を嚙み、食していた。

「すっげー美味いな」

「ありがとう」

誰からであろうと、褒められるのは嬉しいものだ。

ましてやほくほく顔で食べてもらえると、作ったかいがあると、余計に充実感が増す。

「あんたが作ったのか？」

「そうよ」

「へぇ、資産家のお嬢さんが作ったにしちゃ、美味いな」

目立たず、かつ動きやすいようにと、地味なデザインの衣服を着ているつもりだが、なぜこの旅人は住人でもないのに、ネイディーンたちが資産家だとわかるのか。

「どうして、わたしが資産家だと？」

「そりゃあ、あんたと隣の兄ちゃん、慎ましい格好しているが、上等な生地で作った服を着ているじゃないか。たぶん貴族か裕福な商人の若旦那とお嬢さんってところだろ？」

男性というのは、あまり衣服など見ていないものと思っていたが、この旅人は違うらしい。

もしかしたら、もとは躾の行き届いた家の出身なのか。

シチューは音を立てず、食していた。そのあとのパンもかぶりつくことなく、ひと口ごとにちぎり、口に入れている。食事の作法がきちっとできているところを見ると、放浪者ではない。

ただし、言葉づかいは決して行儀がいいとは言えない。

「美味かった。久しぶりにまともな食事にありつけたぜ。ありがとうな」

旅人は空腹が満たされたのか、満足そうな表情をしていた。

「どういたしまして」

セア大陸からはるばる来たくらいだ。目的があってのことなのだろうが、金がなさそうなのも変な話だ。

別の大陸に移動する人間といえば、貿易商か友好親善のための使節団、あるいは資産家の旅行者くらいだ。この旅人が、これらに該当するようには見えない。

「ところで道を尋ねたいんだけどさ」

「どちらに行きたいのかしら？」

「王宮だ」

「王宮？」

ネイディーンはフレデリックと顔を見あわせた。

どう見ても、この旅人には縁のなさそうな場所である。

「王宮になんの用なの？　身内か知りあいが働いているのかしら？」

外国からの使者でもない一旅人が用事があるとあっては、ネイディーンたちも王族として、その理由を問わないわけにはいかない。

「そうだ。会わなきゃならない人がいるんでな」

「誰に？」

「ニールス国王にだ」

ネイディーンだけでなく、フレデリックやこれを耳にした護衛官らもぽかーんと口を大きく開けてしまった。

仮にも一国の君主が、どこの誰ともわからない旅人と面会するわけがない。

「あーははは。陛下に会おうと考えるなんて正気か？」

「陛下が薄汚れた男と面会なさるわけがないじゃないか。ははは」

ネイディーンたちの護衛官が笑いを堪えきれず、旅人を嘲笑する。

「人をからかうものではないよ」

フレデリックが護衛官の下品な笑いを窘める。

ネイディーンも同じ意見だが、やはり旅人の言うことは滑稽だ。

「でも悪いけれど、彼らの言うとおりよ。ただの外国人が陛下へのお目どおりなど、叶うわけがないわ」

「俺はラウィーニア人だ」

「ラウィーニア人？　あなたが？」

「ああ」

セア大陸から来たと言っていたが、もとはラウィーニア生まれで、その後は他国で暮らしていたということか。

「ラウィーニア人であったとしてもよ。どうして身元不明な人が陛下とお会いできると思うの？」

「会えるさ。十三年も行方不明だった息子がようやく帰ってきたんだからな」

「息子……？」

再びネイディーンはフレデリックと顔を見あわせた。

「あなたが王太子ライオネル殿下とでも？」

「そうだ」

あっさり返事をする旅人に、ネイディーンたちは怪訝な顔を向けた。過去にも王太子の名を騙る偽物が何人も現れているからだ。

最初は七年前だっただろうか。特徴のよく似た男が十八歳のライオネルの振りをし、「私は昔、悪党によって誘拐された王太子ライオネルだ」と名乗り、連れ去られたあとの苦難を語って聞かせ、国王や臣下らに本物だと思わせる素振りを見せた。

しかし十二歳のときまでの王宮での暮らしぶりについて質問すると、なにも答えられず、結局は金目当ての偽物だと判断された。

このあとも似たような偽物事件は何件かあったのだ。この旅人がライオネルだと名乗ったところで、やすやすと信じるわけにはいかない。

ネイディーンはまず周囲を見回した。身分を隠しているので、王族の話を住人に知られるわけにはいかないからだ。

幸いにも食事を終えた人びとは去っていき、この広場にいるのはフレデリックと護衛官、カミラのみである。

「信じられないわ。王子にしては言葉づかいが悪すぎるもの」

これまでの偽物だって、王子らしい品のよい演技くらいはしていたのに、この旅人の言葉づかいは王族とは程遠い。

「仕方ねぇだろ。苦労の連続だったんだ。お行儀よく生きていけるほど、俺の十三年は甘くなかったんだからな」

これまでの偽物も「苦労の連続でした」と、必ずと言っていいほど国王の前で話して聞かせていたものだ。

「一応証拠だって持ってきたんだぜ」

「証拠?」

旅人は手にしていた荷物袋の紐を解き、中から子どもの衣類を取りだした。

「俺が王宮から誘拐されたとき着ていたものだ」

古びてはいるけれど、上質の絹で作られた王侯貴族の子弟が着用しているデザインだ。

だけど貴族が不要となった衣類を使用人に下げ渡すことは珍しくない。そしてその使用人が古着屋に売ることも多々ある。

どこでも入手できるもので、証拠にはならないはずだ。

「フレデリック、あなたは王太子殿下とは従兄弟よ。この衣類、殿下が誘拐されたときお召しになっていたものなの?」

「わからないよ。事件当時、僕は屋敷にいたし」

ネイディーンもまったく同じだ。

国王の教育方針で、年齢の近い親戚の子ども同士、王宮で遊んだものだが、誘拐された日は屋敷にいた。

「さっき名前を聞いたとき、もしやと思ったが、やっぱり従兄弟のフレデリックだったのか！　見覚えがあると思ったんだ」

「えっ？」

旅人の顔がいきなり明るくなり、何年かぶりに友人と再会したかのように、フレデリックの肩に手を置いた。

「懐かしいな。ガキのころから色白で、すぐにビービー泣く弱虫だったよな」

確かにフレデリックは幼少のころから肌が白く、気弱ではあったようだ。

でも身内や使用人なら、誰でも知っていることだし、どこからか話が漏れていくこともある。こんな過去の話を知っていたくらいでは、この旅人が王太子という証拠にはならない。

「すぐに泣いていたって、そんなこと……」

フレデリックは初対面も同然の旅人から思いだしたくない話をされたからか、顔を赤く染め、困惑している。

「子どもが泣き虫でも珍しくないでしょう？　いまのフレデリックは博識で、国王陛下をお助けしているわ」

「ネイディーン、別に庇ってくれなくていいよ。僕が子どものころ泣き虫だったのはほんとうのことだし……」

フレデリックが引き攣った笑みを見せ、旅人の話を肯定しようとしている。実際は触れられたくない昔話なのだろう。

「ネイディーン？　じゃあ、そっちの姉ちゃんはニューエル公爵家の公女か？」

「えっ？」

この旅人は王家の遠縁で、王位継承権さえ皆無も同然のネイディーンのことまで知っている。

やはり本物なのかとも思ったが、王家の系図など、これも調べればわかることだ。

「ネイディーン、やっと会えたな！」

「あの？」

やっと、というほど、ネイディーンには王太子と親しかった憶えはない。

それなのに、この旅人は長い間離ればなれになっていた恋人のように、満面の笑みを見せてくる。

「想像どおりの美人になったな」

「あ、あら、まあ」

容貌にコンプレックスを持っているネイディーンとしては、美人と言われれば嬉しく、つい顔が綻んだ。

「ニューエル公爵夫妻と王宮に参内したとき、お漏らしをしたの憶えているぜ」

「なっ！」

ネイディーンの頬が、蒸発しそうなくらい熱くなっていく。

幼少期のこととはいえ、淑女の恥ずかしい話を大っぴらに言うなど、これが王太子のすることか。

「酷(ひど)いわ。なんて男なの？　こんなのが王太子殿下だなんてあり得ない。絶対に毎度おなじみの偽物よ！」

「落ちついて、ネイディーン。公女ともあろう君が、まるで太陽のように、顔が真っ赤だよ」

いくらフレデリックが宥(なだ)めようとしても、護衛官もいる前で触れられたくない幼少期の話をするなど、許せるものではない。

「この男は、王家の遠縁である君のことまで知っているんだ。本物である可能性が高いよ」

「系図なんて調べればわかることだわ」

「でも君がお漏らしをしたのは、僕も憶えているし……」

「…………」

信頼のできる幼なじみだと思っていたのに、旅人の言うことを肯定するなど、フレデリックも酷(ひど)い。ネイディーンは悲しみのあまり、目が潤みそうになる。

「泣き虫の子どもや、お漏らしする幼児は当たり前のようにいるでしょう？　そんなもの証拠になるものですかっ」

幼児にはよくあるような話など、この旅人の当てずっぽうに決まっている。

「とにかく王太子を名乗る者が現れた以上、僕たちだけで判断していいわけじゃない。彼を王宮に連れていって、伯父上と重臣に会わせよう」

「それはそうだけれど……」

本物か否かは別として、国王の行方不明の子であるライオネルを名乗ってきたからには、まずは調査しなければならない。

本物である可能性もある以上、ネイディーンたちの判断で追い払ってしまったら、こちらが叱責される。

「俺を王宮まで連れていってくれるのか？」

「君がライオネルだと主張するのであれば、連れていくしかないだろう」

「そりゃありがたい。さすが従兄弟どのだ」

「従兄弟って……」

まだ誰もこの旅人がライオネルと認めたわけではないのに、早速従兄弟と呼ぶとは馴れ馴れしいものだと、フレデリックが頭を掻いている。

どちらにしても本物であるのなら国王が喜ぶし、偽者であれば即追いだされるだけだ。

「とにかく急いで王宮に行こう、ネイディーン」

「そうね」

後片づけは護衛官ひとりとカミラに任せることにして、ネイディーンはフレデリックと、

王太子ライオネルを名乗る旅人とともに馬車に乗った。

王宮に到着すると、侍従や侍女は旅人の姿を見るなり、ざわつき始めた。

「クラレンス公爵殿下、ネイディーン公女、お連れの方はいったい……」

年配の侍従長が旅人の薄汚れた身なりに、真っ青になっていた。いくら普段着であっても、参内に相応しい衣装ではないからだ。

「ああ、毎度のね」

「毎度の、でございますか」

過去に偽物の件が何度かあったからか、王宮内では「毎度」だけで通じてしまう。

「まずは彼を別室に連れていってくれないか？　それから伯父上、いや、国王陛下に謁見のお許しを願いたい」

「畏（かしこ）まりました。しかし今回は……」

侍従長も、旅人の王族らしからぬ姿に、よく王太子を名乗れるものだと言いたげだ。

「なんだよ、別室って。フレデリック、父上に会わせてくれるんじゃないのか？」

「あとで伯父上に会わせるから、待っていてくれ」

「フレデリック！」

侍従長が旅人に寄り、「さあお客人、こちらへ」と別室へと促す。

旅人が「待てって！」と声を張り上げるが、侍従長が「あなたは別室でお待ちを」と制止している間に、ネイディーンはフレデリックとともに、国王の寝室へと向かった。

「国王への謁見が簡単に叶うわけがないのに、そんなことも知らないなんて、やはり偽物かしら？」

「本物であっても、十三年も離れていたからね。王宮での作法を忘れていたとしても無理ないよ」

一理ある。

「ところでわたしがあなたといっしょに、陛下の寝室に伺ってもよろしいのかしら？」

ネイディーンは王族としては末端だ。直系に近い血筋のフレデリックとは、立場が違いすぎる。

「僕の供ということにしておけば問題ない。君は公爵家の公女なのだし」

しばらく待っていると、国王に「久しぶりに毎度の件にございます」と、報告に行った侍従長が戻ってくる。

拝謁の許しが得たと伝えられ、ネイディーンはフレデリックの背後につき従い、寝室へと案内された。

「陛下。甥ぎみのクラレンス公爵フレデリック殿下ならびにニューエル公爵家のネイディーン公女さまにございます」

侍従長が寝室の扉を開けると、ネイディーンはフレデリックとともに軽くお辞儀をして入る。

「伯父上、ご機嫌いかがにございますか？　急いでおりましたので、このような身なりで失礼いたします」

まずはフレデリックが、ちょうどベッドから起き上がった国王に挨拶した。手元に閉じた本が置いてあるので、読書中だったのだろう。

「おお、フレデリック。このところ調子がよくてな。侍医から貰った新しい薬が、よく効いておる」

「それはようございました」

「今日はニューエル公爵家の公女もいっしょか」

国王がネイディーンに顔を向けてきたので、再度お辞儀をする。

王族でも下位の公女は、拝顔する機会など少ない。

だからこそわかるのだが、以前に会ったときと比べると、国王は白髪が増え、身体が細くなり、老いたという印象が見受けられる。

「国王陛下にあらせましては、ご体調もよいとのことで、まことに喜ばしい……」

「ここには身内だけだ。ましてや寝室だしの。堅苦しい挨拶は抜きでいこう」

フレデリックは甥だから畏まった挨拶は不要なのかもしれないが、ネイディーンは又従兄弟の娘で、血筋が遠い。実際には臣下も同じだ。

「それよりふたりが毎度の件を持ちこんだという話だが、どういうことなのだ？」

「伯父上、よくお聞きください。ネイディーンもその場にいあわせたのですが、実は先ほど……」

フレデリックが、ネイディーンと慈善活動をしていたとき、ライオネルを名乗る旅人が現れたことを詳細に説明する。

「ほう。今度のライオネルは、我が王家の事情に詳しかったとな」

「はい」

「それで？　ライオネルとよく似ておったか？　王宮まで連れてきたということは、会って話をしたのであろう？」

ネイディーンはライオネルの顔や特徴など、はっきり憶えていない。ただ従兄弟同士であるフレデリックに、どことなく似ていたという記憶は残っている。

「昔のライオネルと雰囲気がまったく異なるのでわかりません。あのころ僕たちは容貌なども似ていましたが、今回現れたライオネルは他人のようで……」

子どもの顔は変貌していくものだ。当時と現在とでは、面影が違うことなど珍しくない。容貌だけでは、あの旅人が偽物という証明にはならない。

「僕やネイディーンの幼少時のころを語っていたので、もしかしたら本物なのかもしれません。ですが、子どもならよくある話なので、当てずっぽうの可能性もあります」

ネイディーンからすれば、あの無礼な旅人は、できれば偽物であってほしいところである。

「ネイディーン、そなたはその旅人のことをどう思った？」

「わたしですか？」

どう思ったか問われても、王子としての品性はまるでゼロで、失礼極まりない男と判断している。

「わたしは、ライオネル殿下についてはほとんど記憶がございませんので。ただ……」

「ただ？」

いまほんの一瞬だが、少年時代のライオネルに関して、なにかが頭を過った。大事なことを忘れてしまっている気がしたのだ。

しかし思いだせず、ふと王妃の顔が頭に浮かび、目のあたりがそっくりと感じた。

「……どことなく亡き王妃さまと、目元が似ている気がいたします」

「ああ、そうかもしれません。ネイディーンの言うとおり、亡き王妃さまと目のあたりが似ているかも？」

とっさに出た言葉だったのに、フレデリックも同調する。

「そうか。確かにライオネルの容貌は予に、目元だけは王妃に似ておったからの」

ネイディーンには、ゆっくりと落ちた国王の瞼に、今度こそ本物に間違いないのではないかという希望が浮かんでいるように見えた。

「侍従長」

国王が扉近くに控えていた侍従長を呼び、目で指示を送る。

王太子を名乗る者が現れるたび、することは同じなので、侍従長も国王がなにを伝えたいか察し、頷いていた。

まずは王宮に参内している重臣に、「行方不明中の王太子殿下を名乗る者が現れました」と伝達される。すると「やれやれ、またか」と、一同は声を揃えて言うのだとか。

過去に何人も偽物が出現しているからか、重臣もうんざり気味らしい。

侍医の指示に従い、安静を余儀なくされている国王はベッドから下りられないので、重臣である宰相、ブランドン伯爵、メイシー伯爵、レアード男爵、メーコン男爵が順に寝室へと入ってくる。

「陛下、ご容体はいかがにございましょうか？」

重臣の中では、最上位である宰相が一歩前に進み、挨拶する。

この顎鬚の濃く、威圧感のある宰相も、国王からすれば従叔父の五親等にあたる。

ネイディーンとも少なからず血縁があるのだが、家系図を見ると、親戚同士の結婚も珍しくない。どこで、誰がどう繋がっているのか、ややこしさがある。

「そなたが滞りなく仕事をこなしてくれるお蔭で、ゆっくり休めるからの。ずい分と調子がいい。特に今日はな」

「それはようございました」

宰相は身内として、心から国王の健康を心配し、安堵していた。

「侍従から話は聞いておるな？」

国王から問われると、宰相を始めとする重臣一同が「はっ」と、口を揃えて返事をする。

「なんでもクラレンス公爵とネイディーン公女が慈善活動をしているときに、王太子と名乗る男が現れたとかで」

「それで、その者はどこに？」

宰相に続き、ブランドン伯爵が問う。

「いつもどおり別室で控えさせているよ。すぐに侍従が連れてくるはずだ」

フレデリックが国王の代わりに答える。

王太子と名乗る男が現れると、その者はまず別室に連れていかれる。

そして国王と重臣が話をしている間に、侍従が別室から王太子を名乗る男を連れてくる。

「さて、今度こそは本物であるとよいがの」

「こっちは国王の寝室じゃやねぇか！」

国王が呟くと同時に、扉の向こうからあの旅人の大声が入りこんできた。

なにごとかと、国王と重臣らが一斉に扉に目を向けた。

「どうして寝室で親子の対面をするんだ？　ひょっとして父上はご病気なのかっ？」

侍従に案内された旅人がこの寝室に向かってきているようだが、今日初めて王宮内に入った人間が、国王の寝室の場所など知るわけがない。

やはり本物なのか。

「父上！」

扉を強く開くと、重臣の目線がひとつに集中した。

「あ……あれが今回の……」

まずは宰相が驚きのあまり、声を途切れさせていた。

「名乗り出たライオネル殿下ですと？」

次にブランドン伯爵が首を傾げている。

「ま……さか？」

「いや、これはちょっと……」

「うーむ」

メイシー伯爵やレアードとメーコンの両男爵もまた口を大きく開け、言葉が出てこないようだ。

過去の偽者は全員、この旅人のように髪がボサボサで、しかも衣服が綻び、汚れた格好で名乗り出ることはなかったからだ。

ネイディーンたちが連れてきた旅人は、いかにも金銭目当ての偽者の姿だ。

「父上！」

旅人がベッドの国王に近寄ろうとすると、とっさに重臣が前を遮った。

「退け、俺は息子だぞ？」

旅人からすれば、自分は国王の息子である。重臣に邪魔をされる筋合いはないのだろうから、憤るのも当然だ。

しかしこれまでの偽者も、いかにも息子と見せかけるため、国王との親しさを強調した。重臣からすれば、旅人はまだ国王の息子とは認められていないのである。

「確かにネイディーンの言っていたとおり、目元が王妃に似ている……」

真剣な目で旅人を見ている国王の呟きに、誰も耳を傾けてはいなかった。

「申し訳ございませんが、あなたが本物の王太子殿下であるかどうか取り調べます」

「調べる？」

「はい」

重臣のひとりであるブランドン伯爵の言葉に納得したのか、旅人が一歩退く。

「そうだな。ブランドン衛兵士長の言うとおりだ。十三年も経っている以上、子どものころと、容貌が大分変わっているからな」

旅人はいま、ブランドン伯爵のことを衛兵士長と言った。ネイディーンにもはっきりと聞こえた。

　ブランドン伯爵が亡くなった父親から衛兵団長を引き継いだのは二年前で、それより以前は衛兵士長だった。

　周囲も気づいたのか、本物の可能性が高いのではと、互いに目線で会話をしていた。

　だが、これも事前に下調べをすればわかることだ。

「二年前に父が他界いたしましたので、現在は、某は衛兵団長にございます」

「そうか、亡くなっていたのか。先代は兵士を束ねなきゃいけない身で、ときどき『腰が、腰が』って、腰痛に悩んでいたっけ」

　重臣一同が再度顔を見あわす。

　いくら下調べをすればわかることだからといって、ここまで親族や王宮内の情報に詳しいとなると、やはりこの旅人が王太子ライオネルに間違いないのかと、確信していく。

「そこにいるメイシー伯爵は王宮内の庭先に落ちていた銀貨を拾い、自分の懐に入れていたことあったよな？」

「えっ？　あっ？　いや、その……！」

　仮にも貴族の当主がそんなせこい真似をしていたのかと、国王を始め、全員がメイシー伯爵に顔を向けた。

「レアード男爵はメーコン男爵の奥方と浮気したのがバレて、宮殿内の片隅で喧嘩していたっけ？」

今度は全員の視線が両男爵へと向く。

「あ、あれは誤解でして！」

「さ、左様。もうメーコン男爵とは話がつき……」

どうやら過去に、このふたりにトラブルがあったのは事実のようである。

「それから……」

「い、いや、もう結構にございます」

宰相が慌てて止めに入ろうとする。次は誰が恥を曝（さら）されるのか、わかったものではないからだ。

「重臣の顔を憶えておられるようですし、それぞれの過去のあやまち……いえ、日常の出来事についても知っておられる。本物の王太子殿下に間違いはな……」

「でも詳しすぎるのも怪しいと思いますわ」

ネイディーンは冷めた口調で、宰相の判断を遮った。

「ネイディーン公女？」

「本物と見せかけるために、事前に調査していたかもしれないでしょう？」

その可能性は大いにあるはずだ。ネイディーンは決定的な証拠がない限り、自分に恥をかかせた男を王太子と認めるわけにはいかない。

「いや、しかしですな。王宮内で銀貨をネコババしたり、不倫疑惑の喧嘩を目撃したりと、このようなささいな話を知っているのも限られた者のみ。しかも十三年前ですぞ。調査しようにも、どこから情報を得られるというのですか、公女？」

「えっと、それは……」

ほんとうにささいな昔話など、他に目撃者がいたとしても、記憶に残っていることなど稀だろう。

「俺が本物かどうか疑って当然だな。だから誘拐されたときに着ていた衣類を捨てず、長年大事に取っておいたんだが」

荷物袋の中から古びた子ども用の衣類を取りだした旅人は、国王や重臣の前に突きつけるかのように見せた。

先ほどネイディーンとフレデリックが下町で見せてもらったものだ。

「王太子殿下が誘拐された日に、着ておられた衣服のデザインを憶えているものはいるか？」

宰相が他の重臣に問おうとするが、さすがに記憶が曖昧だ。

誘拐された当時、王太子のそばには数人の女官がいたが、いまは全員辞めてしまった。彼女たちに連絡し、王宮に連れてくるまでには数日かかる。

「某、誘拐される三時間ほど前に王太子殿下とお会いしておりますが、こんな感じの衣裳だったような気がいたします。細かい部分はあまり憶えてはおりませぬが」

レアード男爵がじっとブラウスを見つめ、答えた。

「いや、憶えている！」

重臣が迷っている中、ひとりだけはっきり口にした者がいた。

王太子ライオネルの父親である国王だ。

「父上は憶えてくださっていましたか」

それまで乱暴な言葉づかいだった旅人が、国王に話しかけているからか、急に丁寧な口調になる。

「俺が誘拐された日に着ていた衣服は、特別なものでした」

「特別？」

宰相が訊き返す。

「母上自ら縫ってくださったものであり、ブラウスの裏に『ライオネル』と刺繡してくださった」

旅人がブラウスの裏地を国王に向け、広げようとしていた。

そこには紅い糸で、王太子の名が刺繡されている。

「そうだ。そのとおりだ。王妃自ら刺繡したことを知るのは、我ら親子三人のみ」

ネイディーンだけでなくフレデリックや重臣らも、緊張で息を呑んだ。

親子三人しか知らないことなら、この旅人こそが正真正銘の王太子ライオネルである。

「こちらへ来て、顔をよく見せておくれ」

国王が旅人に対し、ベッドのそばまで寄ってくるようにと、細くなった腕を上げた。

ベッドの前に立ちはだかっていた重臣も旅人を王太子と認めたのか、口を噤(つぐ)み、数歩ほど下がり、宰相から順次頭を下げていく。

「父上……」

粗野で品がなく、とても王太子とは程遠い印象の男だったのに、両目を潤ませ国王に歩み寄ろうとする姿は、ネイディーンや重臣から見ても、やはり親子なのだと確信が持てるものだった。

「顔がよく見えるように、もっと近くへ……」

ベッドの前に立った旅人は腰を屈(かが)め、懐かしそうな表情で国王に顔を近づけようとしていた。

「ほんとうに目元が王妃に似ている……」

「この目元だけは、子どものころから変わりません。俺が父上と母上の子であるという証(あかし)です」

「そうだ。輪郭や鼻、唇は予に似ているが、髪や瞳の色も王妃と同じだ」

息子が誘拐される前のことを思いだしたのだろうか。国王の手が旅人の頬に触れ、目から涙が流れた。

「ライオネル……我が息子」

この瞬間、その場にいた全員が唾を飲みこみ、喉を鳴らした。

国王はこれまで名乗り出た偽者とも対面したが、言葉を交わすことすらなかった。どこかで「息子ではない」という直感が働いていたのかもしれない。

しかしこの旅人だけは違う。王太子ライオネルと認めたのだ。

「父上、長い間ご心配をかけて申し訳ありません」

「生きていたのなら、どうしてすぐに帰ってこなかった？」

国王と同じく、ネイディーンもそれが聞きたい。きっとこの場にいる全員が疑問に思っているはずだ。

「誘拐された直後、港まで連れていかれ、船に乗せられました。数か月も閉じこめられた挙句、ようやくセア大陸に到着し、港にひとり放りだされたのです」

十二歳の子どもが、どこの誰かもわからない連中に監禁され、たったひとりで見知らぬ土地に置いていかれた。

それがどういうことなのか、誰にでも想像できる。

自国の身分など通用しない土地で、子どもが金もなく、ひとりで生きていくなど並大抵のことではないはずだ。

「なんて酷い……」

ネイディーンは思わず口に出してしまった。

「幸い初老の漁師に拾われ、ずっとそのお爺(じい)さんの仕事を手伝いながら、世話になっていました。国に戻ろうにも金がなかったので」

「どうやって戻ってきたのだ？」

「お爺さんが他界したあと、俺は働きに出て、こつこつと給金を貯め、ようやく帰ってくることができたという次第です」

海を渡るには大金が必要だ。富裕層出身なら、貴族の館で執事などの高給職にも就けるだろうが、貧困層となると給金も少ない。

「苦労したのだな」

「それほどでも」

国王に心配をかけまいとしているのか、ネイディーンにはライオネルが無理に微笑(ほほえ)んでいるように見えた。

「ライオネル……」

国王がライオネルの背に両手を回し、瞳から涙を零(こぼ)しながら、ぎゅっと抱きしめようとした。

「父上」

ライオネルも応えるかのように、父である国王を抱きしめていた。

長年離ればなれになっていた親子がようやく再会できたのだ。周囲の重臣も鼻をすすり、感極まっている。

「なんだか胸にジーンと来るものがあるね、ネイディーン」

フレデリックもまた涙腺が緩み、従兄弟が見つかって感激しているようだ。

「そう……ね」

誰しもが感動する親子の再会だし、ネイディーンも心を打たれる。だが、お漏らしの件があったからか、いまひとつ素直に喜べないでいた。

第二章　王太子妃は誰に？

「王太子ライオネル殿下が無事お戻りになられて、ほんとうによかったわ」

扇を広げ、にっこりと笑ったのはトラヴィス公爵の三女コーネリアだ。父親が国王の従甥(じゅうせい)にあたり、母親は従妹(いとこ)にあたる。ぽっちゃりした容姿が可愛らしい女性である。

「長いこと行方知れずで、わたしの両親も心配しておりましたのよ。父は陛下と従兄弟同士ですし」

そう言ってカップを手に取ったのは、国王の従弟であるブロンソン公爵の長女シェイナである。明るい性格からか、周囲からの人気も高い。

「ほとんどの王侯貴族はそう思っているわよ」

ネイディーンの父と同じく、国王の又従兄弟であるフラナリー公爵の次女エレインがテーブルに置いてあるクッキーを手に取り、相槌(あいづち)を打った。

細身の美人で、若い貴族の青年の何人かは妻にしたいと話しているのだという。

「わたしも従兄(いとこ)が無事で、とにかく安心したわ」

上品に茶を飲んでいるのは、国王の姪(めい)であり、フレデリックの七歳下の妹であるアメリアだ。愛らしい容貌で、年齢に比べて幼さがある。

「ネイディーンはお兄さまといっしょに、ライオネル殿下とすでに対面したのでしょう？どんな感じに成長あそばされていたの？」

「どんなって言われても……」

アメリアから問われて、ネイディーンはどう答えようか迷った。

このテーブルで楽しく茶会をしている者は全員が王族であり、王位継承権を持っている公女たちだ。

彼女たちとは同世代ということもあり、よく互いの屋敷に集まって、こうして茶会を催していた。

今日はネイディーンの住むニューエル公爵家で開かれ、相変わらず他愛のない話を楽しむ予定だった。

ところが国王の唯一の息子で、長年行方不明だったライオネルが戻ってきたから、王侯貴族の間ではその話題で持ちきりなのだ。

「ライオネル殿下はとても元気そうで、庶民的な方だったわ。陛下と感動のご対面をなされたときは、周囲は涙ぐんでいたわね」

正確には庶民的というより、王太子としての品格があるとは言えないというのが正解だ。

それでもライオネルは、国王の前では行儀よく振る舞っていた。父の部屋に入った途端、王族としての作法はどうあるべきか、記憶が蘇(よみがえ)ったのかもしれない。

「それだけ？」

「わたしだって、短い時間お会いしただけですもの」

幼少期の恥ずかしい話をフレデリックの前でされたことなど、絶対に口が裂けても言えない。

「お兄さまも同じことを言っていたわ。もっと詳しく教えてほしいのに」

他のみんなもアメリアに同調するかのように、うんうんと軽く頷いていた。

「フレデリックは王宮でのこと、なにも話さないの？」

ライオネルが帰還し、すでに一か月近くが経っている。

フレデリックは国王の代理で政務をこなしていることが多いから、現在のライオネルがどう過ごしているか知っているはずだ。

「お兄さまはなにも言わないのよ」

残念とばかりに、アメリアはため息をついている。

「あら、わたしの父もよ。王宮に出入りしている割には、ライオネル殿下のことを話さないわね」

「そう言えば、わたしの父もだわ」

「それを言うなら、我が父もよ」

コーネリア、シェイナ、エレインと続けて同じような話をしたところで、ネイディーンはここでようやく気づいた。

父ニューエル公爵も王宮から帰宅後、まったくライオネルのことを話したことがなかった。あれだけ強烈な王太子なのだから、話題に事欠かないはずだ。

「記憶にあるライオネル殿下といえば、何度か王宮で遊んでいただいたけれど、とても上品で、聡明な少年だったわよね。クラレンス公爵ともどことなく似ておいでだったし」

「シェイナの言うとおり、お兄さまと似ていたわね」

いまのライオネルはフレデリックと似たところはなく、聡明とも言い難い。

「いずれにしてもライオネル殿下のお披露目もあるでしょうし、そのうち夜会が催されるわよ」

ネイディーンはカップとソーサーを手に取り、残っているアップルティを飲み干した。

王太子が無事に戻ってきたことを正式に通達するため、主だった王侯貴族を招待し、夜会くらいするはずだ。そのときはネイディーンたちも出席することになるだろう。

「ネイディーンの言うとおりね。ライオネル殿下のことは、夜会までの楽しみにしておきましょう。それより、アメリア」

コーネリアが向かい側のアメリアへ話を持っていく。

「あなた結婚話が出ているのですって？」

「もう噂になっているの？」

びっくりしたアメリアは恥ずかしがるかのように、両手を頬にあてている。

「アメリアに結婚話があるの？　詳しく聞きたいわ」

「ネイディーンは知っていたの？」

シェイナやエレインがわくわくしている。友人知人の結婚話というのは、一番の関心事だからだ。

「わたしも初耳よ」

ここにいる公女たちは結婚話があってもおかしくない年齢ではあるが、アメリアはネイディーンたちとは立場が違う。

王家から遠縁の公女たちは、身分的に釣りあう男性でさえあれば自由に婚姻が可能だ。身分が違いすぎても、国王の許可が下りれば問題ない。

ところがアメリアは違う。

なぜなら現国王には娘がいない。そうなると姪で、第三王位継承者のアメリアは、国に有益となる相手と結婚することになる。

「ほんとうなの、アメリア？」

ネイディーンが問うと、アメリアは気鬱そうに顔を下に向けた。

「ええ、ほんとうよ。相手はタガード帝国の皇帝陛下だけれど」

「まあ、タガード帝国の皇帝陛下なの？」

「そうよ、ネイディーン」

このラウィーニア王国より遥かに大国だ。その君主と結婚となると、アメリアは将来の皇后である。

「大変、栄誉なことじゃない」

「大国の皇后陛下になるのですものね」

「もちろん結婚するのでしょう？」

コーネリア、シェイナ、エレインはまるで自分のことのように、アメリアの縁談話に目を輝かせていた。

「なに言っているのよ。皇帝陛下は御年四十一歳で、しかも子持ちよ。あなたたちなら結婚する気になれる？」

「四十一歳！」

アメリアを除く四人全員が声を揃えて驚いた。

「そういえばタガード帝国の皇帝陛下は三年前、先の皇后と死別されていたのだったわね」

ネイディーンはふと思いだした。

自国の君主ではないから記憶に薄いが、タガード帝国皇后は病死している。その後添えとして、アメリアが候補となっているのだろう。

「皇帝陛下との結婚はまだ正式な話ではないし、お断りするつもりでいるわ。どうせなら年相応の方と結婚したいもの」

現在ラウィーニア王国は不安定な情勢ではないから、政略結婚の必要はない。だからアメリアが拒否しても問題はない。

「わたしよりネイディーン、あなたはどうなの？　お兄さまと進展はあったの？」

「えっ？　わたし？」

アメリアはいきなりなにを言いだすのだろう。フレデリックはネイディーンのよき理解者で、大切な友人のひとりだ。

「わたしたちも知りたいわ」

「そうよ。アメリアのお兄さまは、ついこの間まで次期国王となる方だったもの」

「もしかしたらネイディーン、あなたはこの国の王妃になっていたかもしれないのよ？」

アメリアに続き、コーネリアたちは、今度はネイディーンの結婚話に関心を寄せている。

「フレデリックは気のあう友人よ。それ以上の関係はないわ」

「あら、でもお兄さまは……」

アメリアがフレデリックのことで言いかけたとき、扉の向こうからノックがした。

「公女さま方、ご歓談中のところ大変申し訳ございません」

ニューエル公爵家の老家令の声だった。

茶会のときは邪魔をしないように伝えてあるのだが、それでも非常時は別だ。

「かまわないわ、入って」

「失礼いたします」

扉を開けた老家令は、主人の娘であるネイディーンだけではなく、他の四人の公女たちの顔をひとりずつ確認した上で、用件を伝えてきた。

「公女さま、王宮より国王陛下のご使者が参っております」

「陛下の？」

国王からの使者ならば、まずはネイディーンの父であるニューエル公爵に話を通すのが筋だ。

しかし父は軍務のため、現在は留守である。当主が不在なら、次はネイディーンの母である公爵夫人に話が行くはずだ。母を飛ばして、娘のネイディーンが国王の使者から用件を聞くわけにはいかない。

「お母さまなら別室にいるでしょう？」

今日はネイディーンだけでなく、母の公爵夫人も友人を招いての茶会を楽しんでいる。

「いえ、当初、ご使者はクラレンス公爵家へ参ったようです」

「アメリアの屋敷へ？」

使者の用件が、もとはアメリアにあったということなのか。

「伯父上がわたしになんの用なのかしら？」

アメリアが不思議そうに問う。

「アメリア殿下だけでなく、ここにいる五人の公女さま全員に用がおありとかで」

「わたしたち全員？」

ネイディーンたちは驚き、異口同音で訊き返した。

「なんでもご使者がおっしゃるには、クラレンス公爵家を訪問しましたら、アメリア殿下がニューエル公爵家のネイディーン公女さまの茶会に招待されていたと。そこでこちらの公爵家を訪ねてみれば、他の招待客全員が用のある公女ばかりだったとかで、ちょうどよかったと申しておりましたが」

姪であるアメリアだけならともかく、ネイディーンら四人は王家の遠縁にすぎない公女だ。王族でも血筋が遠いため、アメリアのように「殿下」の敬称すらない。

殿下と呼称されるのは、王孫までだ。アメリアは公爵家の娘だから王女ではなく公女の称号を用いるが、先王の孫にあたるから「殿下」の敬称が許される。

国王がそんな公女に、なんの用があるというのか。

「わかったわ。ご使者を接見室に通してちょうだい」

「畏まりました」

老家令は軽くお辞儀をすると、玄関先で待たせてある使者のところへ伝えにいった。

「陛下がわたしたちになんの用なのかしら？」

老家令がその場から下がったあと、初めに口を開いたのはコーネリアだ。

「近親者のアメリアに急用ならわかるけれど」

「あるいはお父さまのように、軍務や政務に属しているのであればね」

シェイナやエレインも不安を口にしている。

軍務や政務にあたっている王族ならば、国王から緊急の用件があるのもおかしな話ではない。

だがネイディーンたちはまだ若く、政府の要職に就くことすらない。

通常、近い親族でもない若い公女に、国王から使者が来る用件などあるわけがないのだ。

それにもかかわらず、使者がニューエル公爵家を訪れたということは、なにか特別な事情があったということだ。

「とにかく使者に会いましょう。ここで疑問に思ったところで、陛下の用件がなんなのかわからないもの」

「ネイディーンの言うとおりだわ」

アメリアが同調すると、他の三人も軽く頷いた。

ここにいる五人に共通することと言えば、王家の末葉で、王位継承権を持つ公女ということだけだ。あとは一、二歳の違いがあるだけで、年齢が近いことくらいか。

使者が訪ねてくるほどの重大な用件とはなんなのか、まったく予想がつかなかった。

ニューエル公爵家の接見室は玄関のもっとも近くにあった。急な用件で誰か訪ねてきたとき、すぐに面会ができるようにと、先代であるネイディーンの祖父がそこに用意したらしい。

「お待たせしましたわ、使者どの」

家令に接見室の扉を開けてもらい、先頭に立って挨拶をしたのはネイディーンである。

国王からの使者であることだし、身分から言えば第三王位継承者のアメリアが挨拶をしたほうがいいと勧めたのだが、ここはニューエル公爵の屋敷だ。五人で話しあった結果、やはり娘であるネイディーンが先頭に立つべきということになった。

「公女さま方にはご機嫌麗しく、なによりと存じます」

室内にいた使者は、長年国王の身の回りの世話をしている侍従だ。

「ご苦労さまにございます。陛下からご用件がおありだとか」

「はい。偶然にも本日ニューエル公爵家にいらっしゃるアメリア、コーネリア、シェイナ、エレイン、そしてネイディーンの五公女には、なるべく早い時期に王宮へ参るようにと、陛下の仰せにございます」

「お急ぎなのでしょうか？」

「五公女全員の都合がつく日なら、いつでもよいとのことです」

日づけを指定しないところを見ると、緊急の用件というわけではなさそうだ。

「陛下はわたしたちにどういった用がおありなのでしょう?」

「それは陛下から直接、公女さま方にお話しされます」

国王自ら話すということは、重要な用件には違いなさそうだ。

「なるべく早く、でもわたしたちの都合のよい日でかまわないということなら、こちらで日にちを決めてよろしいのですよね?」

「はい。陛下は毎日寝室で過ごしておいでですから」

国王は体調を崩しているが、ベッドで安静にさえしていれば、問題はないらしい。

「ねぇ、みんなの都合がいい日はいつ?」

ネイディーンは振り返り、背後に控えている四公女たちに都合を訊く。

「ここ数日の間だったら、都合の悪い日はないわ」

まずはアメリアが予定を告げ、シェイナたちも「わたしたちもよ」と、同じ返事だった。

ネイディーンも明日はゆっくり過ごすつもりでいた。

「じゃあ明日の午後からでかまわないかしら?」

「畏まりました。陛下にはそのようにお伝えいたします」

「ご苦労さまです」

「では、私はこれにて」

侍従が一礼し、接見室の外で待機している従者とともに、ニューエル公爵家をあとにした。

ネイディーンは他の四人の公女たちと元の部屋へと戻り、給仕に新しい茶を淹れてくれるように指示する。

全員で淹れ直した温かい茶をひと口飲み、まずは心を落ちつかせた。

そして一斉に、急くようにして喋りだす。

「陛下がわたしたち五人に用だなんて、どういうこと？」

まずはネイディーンが口を開いた。

「アメリア、あなた陛下の姪として、なにか聞いてないの？」

コーネリアがアメリアに確認する。

「まったく知らないわ」

アメリアが大きく首を横に振った。

「もしかして政情が不安定で、わたしたち五人をそれぞれ有益となる国の王族に嫁がせようとしているとか？」

シェイナが不安そうに推測する。

「いきなり政略結婚なんていやだわ。人質同然に嫁がされるなんて、相手国の王室側からどんな仕打ちを受けることか」

エレインも青ざめた表情をしている。

「ちょっと待ちなさいよ」

ネイディーンは勝手に推測していくのはよいとは思えず、ひとまず止めに入る。

「アメリアはともかく、わたしたち四人は直系から血筋が遠いのよ？　外国の王族と結婚したからといって、このラウィーニア王国にとって有益になることなんてないわ」

外国の君主や王太子が、国王との血縁関係が遠い公女を妻として迎えても、政略結婚としての価値はない。

「それに我が国の政情が不安定な状態なら、親から話があるはずよ」

もし国内外で紛争が起こりそうな事態になったら、当主である父から覚悟をしておくようにと、直接伝えられるはずだ。

万が一他国と戦争になれば、公爵夫人や公女たちも負傷者の手当てをするため、軍医の助手として動員されることになっている。

しかし誰も家族からそんな話は聞いていない。だから現在ラウィーニア王国の政情については、安定しているはずだ。

「だけどシェイナの言うとおり、五人に共通することと言ったら、独身で、そろそろ結婚話が出始める年齢で、王位継承権を持っているということだけよね？」

現にアメリアにはタガード帝国皇帝との縁談がある。

ここにいる五人以外の王族公女といえば、他にはコーネリアやエレインの姉たちがいるが、すでに結婚している。

ネイディーンはひとり娘だし、シェイナの妹たちは、まだ十五歳未満と幼い。

「まずは明日の午後ね。内容次第では、またみんなで集まって相談しましょう」

「それがいいわね」

シェイナが賛同すると、他の三人も「そうよね」と、頷いてくれた。

「決まりね」

まずは国王からの用件を確認し、重要な事項であれば五人で話しあったほうがいい。

国王が適齢期の公女のみに絞って召しだすなど、なにかあるに決まっている。

五人全員の心が落ちつかず、せっかくの楽しい茶会が台無しとなった。


翌日の午後、国王に呼びだされたネイディーンたち五人の公女が王宮に集まると、侍従長に寝室へと案内された。

「陛下、お休み中のところ失礼いたします」

侍従長がノックし、扉を開けた。

「お召しになった公女さま方が全員参りましたが」

「入れ」

国王が命じると、侍従長から「どうぞ」と促される。

アメリアを先頭に、ネイディーンたちも入っていった。

「伯父上、ご体調はいかがにございますか？」

昨日のニューエル公爵家とは違い、ここは王宮であり、国王の御前だ。当然のようにネイディーンではなく、近親者であるアメリアが代表で挨拶するのが筋だ。

「うむ。最近は食事の量も増えてきて、かなり調子がよくなってきた」

「安心しましたわ」

ネイディーンはひと月前、フレデリックとともに王太子ライオネルの件で、国王と面会している。そのときと比べると、ずい分と顔色がよくなってきていた。

長年行方不明だった息子が帰ってきたことで、元気を取り戻してきたのだろう。

「それで伯父上、本日はわたしたち五人を、どのような用件で召されたのでございましょう？」

「そなたたちも我が息子ライオネルが帰ってきたことを耳にしておろう？」

「はい」

アメリアが返事をすると、ネイディーンたちも軽く頷いた。

「ネイディーンは先日いあわせたから知っておるが、ライオネルは誘拐されたあと、海を越えた遥か遠くのセア大陸まで連れていかれ、かなり苦労したらしくてな」

「まあ」

ネイディーンを除く四人が、憐(あわ)れむような声を漏らした。王太子の地位にある者が苦労していたとは、想像していなかったのだろう。

「ライオネルの父親として、生きて帰ってきてくれただけで嬉しいのだが、立場上そういうわけにはいかぬ」

国王として、王太子ライオネルに問題があると言いたいのだろう。ネイディーンにはわかっている。

「伯父上、我が従兄ライオネル殿下がどうかされたのでしょうか?」

「実は……」

国王が息子のことで説明を始めようとすると、扉の向こうから女性の悲鳴が聞こえてくる。

「キャー! ラ、ラ……」

「な、なにを……!」

女性だけでなく、驚嘆した男性の声までもが耳に響く。

「お……お、お!」

「ひぃっ!」

王宮に仕える女官や侍従が騒いでいるようだが、なにがあったのだろう。

「やれやれ、またか」

国王が深いため息をついた。

またか、ということは、最近の王宮内ではよく起きている騒動ということだ。

「伯父上、いったいなにが？」

「この騒ぎの原因はライオネルだ」

「ライオネル殿下？」

公女全員が異口同音に名前を訊き返すと、バンと扉が強く開き、当の本人が姿を現した。

「父上！　公女たちが来たって？」

姿を現した王太子の姿に、誰もが瞬きすらもできないほど硬直してしまった。

ライオネルを知っているネイディーンも同じだった。

約一か月ぶりではあるが、初めて会ったときより凄味が増している。

前回は長い旅をしてきたからやむを得ないところもあったが、今日のライオネルも王太子とは思えない酷さだ。

衣服は土で汚れ、あちこち擦り切れ、しかもボサボサした髪も相変わらずだ。

いや、それだけならまだいい。剣術の稽古をするなら、誰しもこれくらい汚れる。

しかしライオネルが肩に担いでいる大きな物体が問題なのだ。

「き……きゃあっ！」

最初に叫んだのがアメリアである。

「いやぁ！」

次にシェイナが顔を背ける。

「なに、あれっ」

真っ青になっているコーネリアが問う。

「ひいっ！」

エレインが悲鳴を上げた。

「あれは猪よ。う……」

ネイディーンも気分が悪くなり、手を口にあてた。

誰が誰の叫びなのか不明なほど、五公女らは恐怖に陥り、慌てふためいていた。

王侯貴族の公女たちは狩りなど嗜まないし、ましてや動物の死体を目にして、平然といられるわけがない。

「ラ……ライオネル殿下」

ネイディーンもその名を呼ぶのが精いっぱいなほど、足が震えている。

しかし将来、宰相を目指すと決めているのだ。この程度で驚いてはいけないと、自分を落ちつかせる。

「ネイディーンじゃないか。おまえも候補になっていて嬉しいぞ」

「候補？」

なんのことだろう。

「ネイディーン」

コーネリアが震える声で呼んでくる。

「まさかこの方がライオネル殿下……なんて言わないわよね？」

「そのまさかよ」

「！」

四人の公女たちの顔から一斉に表情が消えた。

仮にも王太子が猪を担いで、王宮の、しかも国王の寝室に入ってくるなんて想像もしなかったことだろう。

「ライオネル、公女たちが驚いているではないか」

ほのぼのとした国王の声から判断して、ライオネルのこの行動は日常茶飯事のようで、慣れている様子だ。

「今日は候補の女たちが来るっていうから、朝から馬で、山までひとっ走り行ってきたんだ。おもてなししくらいしたいと思ってさ」

王宮から馬で三十分ほど走れば、山麓に辿り着く。もし戦争が起きて他国から攻められたときの国王の脱出ルートのひとつとされている場所だ。

しかしそれが仇となり少年のライオネルが誘拐されたとき、犯人たちが山へと連れ去り、あっという間に逃げられてしまった。

「よく猪が出てきたな」

「偶然だ。兎か鹿でも出ればラッキーかなって思ったんだが」

ライオネルが持ち上げていた猪を床へ置いた。

成人男性の体重はあるというのに、よく軽々と肩に乗せていたものだ。漁師に育てられたというから、海で鍛えられたのだろうか。

「ひとりで捕らえたのか？」

「他の兵士にも手伝ってもらった」

公女たちがパニック状態になっているというのに、この親子はなにを呑気に会話しているのだろう。

「せっかく俺の嫁になる候補者たちが集まっているんだ。獲れたてホヤホヤの肉入りシチューをご馳走しようと……」

「嫁？」

ライオネルが言い終わらないうちに、ネイディーンは確認するかのように訊き返す。

「陛下、わたしが出しゃばって申し訳ありません。嫁とは、どういうことなのでございましようか？」

本来であればアメリアが代表して問うものなのだが、野性的なライオネルの姿にすっかり怯えてしまっている。

代わってネイディーンが質問するしかなかった。

「そなたたちに先ほど説明したとおり、ライオネルは十二歳のとき誘拐され、海を渡ったセア大陸で育った。そのため知識教養、王族としての作法もすっかり忘れてしまってな」

「ですがライオネル殿下は先月、王子らしいものの言い様で陛下と再会されておられたはず」

ネイディーンにはライオネルが下町に現れたときから、品性がないことくらいわかっていた。しかし感動の親子対面では丁寧な言葉づかいで、国王に接していたはずだ。

「そりゃあ、王太子として生まれ、十二年間は王族として暮らしていたんだ。多少なら礼儀正しい対応もできるが、昔のように常時品性を保つのは無理だ」

ライオネルがさらりと答える。

「長年、大衆に交じって暮らしていたからな。上品な生活なんぞ持続できん」

ライオネルのやむを得ない事情は承知している。

これまでは品性に関係なく生活せざるを得なかったのかもしれないが、王太子として戻ってきたのだ。

次期王位継承者ならば、臣民の手本となる、王太子として相応しい身振りや素振りが求められる。

これではライオネルが次期国王となることに、多くの重臣が賛成しかねるのではないだろうか。

「国内の諸問題についてはフレデリックや重臣らが補佐してくれるだろうし、なんとかやっていけるだろう。しかし外国からの使者が我が国を訪問したとき、国王の作法ができていないようでは困る。予もこのとおりの体調だし、いつ神のもとへと召されるかわからぬ」

「お……お、伯父上はまだまだ長生きされますわ。現に健康だったわたしの父が先に身罷りました。伯父上より十歳も年下だったというのに」

なんとか気を取り直したアメリアが、国王を優しく励ます。

「アメリア、そなたの父は、予より国王に相応しい自慢の弟だった。まことに人の寿命とはわからぬものよ。だからこそ、だ」

国王が厳しい目つきで、五人の公女たちをひとりひとり見回してきた。

まるでなにかを訴えかけているかのようである。

「そなたたち五人の中から王太子妃に……つまりライオネルの妻になってくれる者を選びたいと思うている。将来国王となるライオネルを、王妃として補佐してもらいたいのだ」

過去には親族の公女と結婚した王太子もいるが、多くは他国の王女を妻に迎える。

遠縁にあたるネイディーンたちが王太子妃候補に選ばれるなど数少ないケースで、考えてもいなかった。

「わ……わたしたちが王太子妃候補？」

先頭に立っていたアメリアがぶるぶると震える声で、後ろに控えていたネイディーンよりろう。

アメリアにとってライオネルは従兄ではあるが、こんな野蛮人の妻にはなりたくないのだ

気持ちはわからなくもない。

一歩退いてしまう。

「我が国の王位継承権を持っている公女が王妃に立てば、国王の名代も可能だ。ライオネルの年齢に見あう未婚の公女はそなたたち五人くらいだからの」

「陛下のお心はお察しいたしますが、急に王太子妃候補と言われましても、心の準備というものが……」

ネイディーンの言葉に、四人の公女全員がうん、うんと頷いている。

「幸いそなたたち五人は成績も優秀。王族に生まれたのだから、王室のこともわかっている」

ラウィーニア王国の歴史、文化はひととおり学んだし、把握している。

宮中の礼儀作法も教えられているから、この場にいる五公女は問題なくできる。

ただ国王の姪であるアメリアはともかく、ネイディーンたちは遠縁の公女だ。王女ではないから、比較的自由に育っている。

王族に生まれたからといって、王室のことすべてを理解しているわけではない。

「ですが陛下。わたしたちは王太子妃として、どう振る舞えばいいのか、その教育は受けて

おりませんわ」

「ネイディーンの言うとおりにございます、陛下」

「とても王太子妃としての重責など、わたしたちのような遠縁の公女には務まるとは思えません」

「わたしもです」

ネイディーンに続き、シェイナ、コーネリア、エレインも続けて、自分に王太子妃など無理だと訴える。

ただひとりアメリアだけが、どう断ろうかと悩んでいるようだ。

王女がいないこのラウィーニア王国では、アメリアは他国の王太子妃に選ばれてもよいように、幼いころから教育を受けているからだ。

「そなたたちも急なことで困惑しているのは承知だ。しかし王太子妃としての教育なら教師を派遣する。心配はない」

「あの……心配といいますか……」

ネイディーンたちは遠回しに断っているというのに、国王は察してくれていないようである。

「そこで、どうであろう？　ライオネルと王都郊外にある離宮で、何日間か暮らしてみるというのは？」

「はっ？　わたしたちがライオネル殿下と？」

国王はなにを突拍子もないことを言いだすのだろうかと、ネイディーンたちは思わず瞬きを繰り返した。

「うむ。実はライオネルは一度王宮から出して、離宮で王太子としての教育をし直そうと考えていたのだ」

それは名案である。

この野蛮人が王宮で暮らしていたら、そのうち王侯貴族のみならず、民にまで悪評が広まることだろう。

「そなたたちも何日間かいっしょに過ごせば、互いのこともよくわかるであろう？　それでライオネルがいいと思った公女と結婚してほしいと願っている」

「あの、陛下……」

つまり選択権はライオネルにあって、五人の公女たちは望まれたら断れないということだ。

「どうだ、ライオネル？」

国王が確認するかのように、息子のライオネルに顔を向ける。

ライオネルが公女たちをひとりずつ眺めたあと、ネイディーンをもう一度見つめ、口元を意味ありげに上げていた。

「いいぜ、俺は」

「…………！」

国王やライオネルはよくても、ネイディーンたちは王太子妃などごめんだ。

どう断ろうかと互いに目を合わせていると、アメリアが国王のそばへと歩み寄る。

「伯父上」

「なんだ、アメリア？」

「先日のタガード帝国皇帝陛下との縁談ですが、ぜひ進めていただけないでしょうか？」

アメリアの言葉に、ネイディーンたちは呆れるように、口を大きく開けた。

つい昨日、四十一歳の子持ち皇帝との結婚など断るようなことを言っていたはずだ。

アメリアはこの野蛮人の妻になるくらいなら、年の離れた皇帝と結婚したほうがいいと判断したのだろう。

「そなたはあまり乗り気ではないと、フレデリックから聞いておるが？」

「いいえ、急に乗り気になりました」

「そなたはライオネルとは従兄妹同士だし、アメリアが王太子妃になるのが無難だと思うのだが」

ネイディーンは心の中で「そうよ、そうよ」と同意する。他の三人も同じ気持ちだろう。

「いいえ、伯父上。帝国との絆を強化するためにも、わたし、皇帝陛下のもとへ嫁ぎます！」

「そうか。アメリア、さすがあの優れた弟の娘だけある。立派になったの。いまごろ弟も天国で喜んでいるだろう」

「ありがとうございます。では、早速帝国側に返事をしてくださるようにお願いいたします！」

「わかった」

国王が姪の熱意に、あっさり承諾してしまう。

そもそもアメリアに、そこまで国を愛する心などあるわけがない。

昔から「結婚相手なら、年齢は三、四歳ほど上、身分は王族男子、あとは優しく、美青年で、浮気などせず、わたしだけを愛する人なら、誰でもいいわ」と、よく言っていたものだ。

「では、わたしは候補から外れたわけですし、これにて失礼させていただきますわ」

アメリアは軽くお辞儀をすると、早々に国王の寝室から下がってしまった。

ネイディーンたちは内心「上手く逃げたわね」と、アメリアに対し羨ましいと思う反面、不快でもあった。

これで王太子妃に選ばれる確率が上がってしまった。

「あ、あの……」

ネイディーンたちもなんとか断る理由を考えようとするが、アメリアのように縁談話があるわけではない。

「じゃあ、そういうことで、お前らヨロシクな」

「はっ？　ヨロシクって……」

残る候補者四人がライオネルと離宮で過ごすことは、すでに決定事項なのか。

「あさってから俺に相応しい嫁は誰なのか、じっくり検分させてもらうぜ」

「あ、あさってっ？」

こちらの都合も聞かず、いくらなんでも勝手すぎる。

全員の表情を見ても、誰ひとり王太子妃になってもいいと思っていそうな公女はいない。現にアメリアはさっさと逃げたではないか。

「もっとも俺に相応しい女は、すでに決まっているようなものだけれどな」

ライオネルから品物を見定めるかのように、ひとりずつ顔を確認され、ネイディーンたちは背筋が凍りそうになった。

ライオネルとて男だ。きっと理想の女性がいて、この四人の中で誰を自分の妃にするか、おおよそ決めているのだろう。

「陛下」

「なにか、ネイディーン？」

王女として生まれたのであれば義務だと思って諦めもするが、ネイディーンたちは直系から血筋の遠い公女だ。政情不安定でやむを得ず他国に嫁ぐならともかく、国側の事情がないなら相思相愛の男性と結婚したい。

「王太子殿下と離宮で過ごす件については承知いたしました。ですがその前に別室にて、わたしたち四人で話をさせていただきたいのですが」

「なぜだ？」

「急な話ですし、わたしたちも戸惑っておりまして」

「そういうことなら、かまわぬが」

国王が扉付近で控えていた侍従に、目で「公女たちを案内するように」と指示を出した。

侍従が軽く頷き、「公女さま方、どうぞこちらへ」と、別室へと案内してくれる。

来客用の部屋へと通され、四人だけになると、すぐにシェイナ、コーネリア、エレインたちが順に、ネイディーンを問いつめてくる。

「いったいなんの話があるっていうの？」

「そうよ、ネイディーン」

「わたし、いくら王太子殿下だからって、あんな野蛮人の妻なんてゴメンだわ」

シェイナたちの言うことはもっともだ。次期国王としての品性に欠ける男の妻など、受け入れ難いものがある。

「わたしに考えがあるの」

「考え？」

「そうよ、シェイナ。みんなも聞いて。承知のとおり、王太子殿下は長い間、行方不明だったわ。当然この十三年の間に、王侯貴族の女子教育が変わってきたことなどご存知じゃないでしょうね。だから……」

ネイディーンは声を細め、三人の公女たちに自らの案を述べた。

「なるほど」

シェイナが頷く。

「名案だわ」

コーネリアが軽く両手を叩く。

「少々乱暴かもしれないけれど、これしかないわね」

エレインも同意し、ネイディーンの案を受けいれてくれる。

「このあと、わたしの屋敷で詳しい打ちあわせをしましょう」

「ええ」

三人が同時に返事をする。

ネイディーンたちは国王とライオネルに丁重に食事の辞退を申し出て退出の挨拶をすると、急いでニューエル公爵邸へと向かっていった。

第三章　王太子妃候補、辞退

昨日王宮から自邸へ戻ったあと、入念に打ちあわせした。

計画を立てると、三人がそれぞれの屋敷へ帰っていき、今度は離宮行きの準備をする。

「ネイディーンさま、滞在はひと月ほどでしょうか？　それとも数か月は過ごされるのですか？　もし次の季節まで離宮に滞在されるのでしたら、わたくしどもが新しい衣類をお持ちいたしますわ」

荷造りを手伝ってくれる侍女長の言うことは、もっともだ。身の回りのものはもちろんだが、一番大きい荷物が衣類である。

ドレスを何枚も持っていくのであれば、衣裳箱も多くなるし、ましてや季節が変わるまで過ごすことになれば、ちょっとした引っこしと同じだ。

「早ければ一泊、遅くても一週間で戻るわ。数日分の着替えがあればいいの」

「一泊……でございますか？」

侍女長がきょとんとしている。

王太子妃候補として離宮で過ごすというのに、一泊で戻ってくるなどあり得ないからだ。

「いろいろ事情があるの」

詳しく説明するのも面倒だし、四人全員で候補から外してもらうためには、この作戦を漏らすわけにはいかない。

「畏まりました。もし追加で入り用のものがございましたら、ただちにご連絡くださいませ。すぐに離宮までお持ちいたしますわ」

「お願いね。長期滞在にはならないでしょうけれど」

できれば二、三日中には、作戦を終了させたいところだ。

ネイディーンたちには、あの野蛮人の妃候補になっているだけでも嫌悪感があるのだから。

「あ、そうそう。稽古着も入れておいてね」

「ずい分とご熱心ですね」

「ええ、今回は特にね」

この稽古着は、破談にするために必要だ。

女性も自身を鍛えよとの国の方針から始まったことだが、このような形で役に立つとは思わなかった。


翌日、ネイディーンは王宮から迎えに来た馬車に乗せられ、御者や侍従とともに離宮へと赴いた。

シェイナたちにもそれぞれ別の馬車が迎えに来ているはずで、いまごろは離宮へと向かっていることだろう。

「わたし、離宮は初めてなの。どういうところなのかしら？」

ネイディーンは向かい側に座っている侍従に、それとなく質問する。

「代々、王太后となられた方が住まわれる小さな宮殿ですが、長年使用されておりませんでした」

現国王の母である王太后が崩御したのは、ネイディーンが赤ん坊のころだ。

王妃もすでに崩御しているから、この先数十年は使用する予定もないだろう。

「王都から離れた田舎（いなか）ですが、静かに過ごせるということで、代々の王太后からはとても好評だったようですよ」

夫を亡くした王太后からすれば、安穏とした生活が送れるのは、心が落ちつくのかもしれない。

「王太后が不在のときは、病気療養が必要と診断された王子や王女が過ごされることもあります。亡き王妃さまも殿下が行方不明となられたあと、精神面から体調を崩され、一年ほど療養されておりましたから」

なるほど、とネイディーンは頷いた。出発してから一時間ほど経つが、だんだんと民家が少なくなり、農地や更地が増えてきていた。

そして離宮に到着し周囲を見渡すと、近くには森があり、長閑（のどか）でいい場所である。

王宮と比較したら小さな屋敷ではあるが、庭は広い。療養には、最高の環境かもしれない。

「ネイディーン公女さま、どうぞこちらへ。荷物は他の者が運びますので」

従者や他の侍従らが衣裳箱を手に持ち、ネイディーンを宮殿内へと案内した。

「王太子殿下はもう到着されているの？」

「はい。明け方には王宮を出発されまして」

「明け方？」

そんなに早く離宮に到着して、なにをしようというのだろう。

「なんでも猪肉（ししにく）のシチューを作り、公女さま方に振る舞いたいとかで」

「猪肉？　ああ、一昨日（おととい）の……」

狩った猪を国王の寝室まで運んでくるのも非常識だと思うが、ライオネルなりのもてなしだ。そこは礼儀として、ありがたく受け取っておこう。

「殿下がご苦労されてきたことは、公女さまもご存知でしょう？」

「誘拐後どのように生きてこられたか、殿下ご本人が少し話されたから知っているけれど」

漁師に助けられたとはいえ、大勢の家臣がいた生活から一変して、自活を強いられたのだ。相当な苦労があったことは想像できる。

ネイディーンが慈善活動に行っている下町でも同じだ。低賃金で雇われ、一日の生活だけで精いっぱいの民が多い。

ライオネルも似たような暮らしをしていたのだろう。

「でも漁師に拾われた殿下が魚料理を作るならわかるけれど、なぜ猪を狩って肉料理なのかしら？」

育った環境を聞いている限り、狩りをして生計を立てていたようには思えない。

「さあ、私どもでは詳しくは存じません。なんでも紛争の多い国で生活をされていたようでして。野営生活は当然のようにあったとか、なんとか」

「殿下は想像以上に苦労されていらしたようね」

そういえばライオネルは養い親が他界後、別の仕事をしていたようだが、なんの職種に就いていたのだろうか。そこは聞いていない。

「野営生活なんてお気の毒な」

「同情してしまうかも」

「ほんとうに」

突如、背後から聞き覚えのある三人の声がすると、ネイディーンはすぐさま振り返った。

「シェイナ、コーネリア、エレイン！　いつのまに来ていたのっ？」

三人とも荷物を持った従者とともに、憐れむような目をして突っ立っている。

「いま着いたばかりよ。ね、コーネリア、エレイン」

「ええ」

「ネイディーン、あなたに声をかけようとしたら、ライオネル殿下の話をしているから、ちょっと気になって聞いていたの」

聞かれて困る話ではないが、突然現れたらびっくりする。

「お話し中申し訳ございませんが、ネイディーン公女さま、お部屋はこちらですよ。他の公女さま方と隣同士ですから」

「わかったわ」

「あとでそれぞれの侍女が世話に来てくれるはずですので、私どもはこれにて失礼いたします」

「ありがとう」

「では」

侍従や荷物を部屋に運んだ従者らは、そのまま一礼すると、一階へと下りてしまった。

「侍女から世話をされる前に、わたしたち全員で帰りたいと考えているのだけれどね」

現在部屋の前の通路には、ネイディーンを含む王太子妃候補が四人いるだけだ。内緒話をしても、外に漏れることはない。

「あなたたち、ライオネル殿下に同情するのはいいとして、気が変わって王太子妃になってもいいって考えているの？」

シェイナたちが王太子妃になりたいのであれば、ネイディーンはかまわない。自分の意思で決めたことなのだから、反対するわけにはいかない。

「あら、同情と野蛮人殿下の妻になるのは別よ」

シェイナが即否定してきた。

「じゃあ、計画どおりでいいのね？」

「もちろんよ。失礼を承知で言わせてもらうけれど、あの王太子殿下とでは結婚しても、上手く夫婦関係を築けるとは思えないわ」

シェイナの意見に、コーネリアとエレインが頷いている。

ネイディーンも同感だ。もしライオネルと結婚することになったら、価値観の違いで毎日喧嘩に明け暮れることだろう。

「じゃあ昼食後、早速ライオネル殿下に提案しましょう。わたしだって、殿下の妻になるなんてゴメンだもの」

いくら相手が王太子であっても、人前で過去の黒歴史を暴露したことについては、絶対に許せない。

今回のことはいい機会だ。堂々と仕返しをしてやるのだと、ネイディーンは拳を強く握りしめた。

ネイディーンを始め四人の公女は、それぞれ世話係の侍女から、ダイニングルームへと案内された。

円形のテーブルにはスプーンやフォークが並べられている。当然席は身分の順になるわけだが、国王の姪であるアメリアがいない以上、ここにいる四人は似たような立場だ。

父方の血筋を辿れば、この中ではシェイナがもっとも身分が高い。しかし母方の家系からすれば、コーネリアが上位だ。

親戚同士の結婚など珍しくないから、国王の近親者以外の王族に関しては、宮中序列も割と適当である。

「殿下から、席は自由に座っていただいてかまわないとのことにございます。公女さま方と気楽に歓談されたいとのことで、円形のテーブルにされたようですので」

侍従から説明を受けたネイディーンたちは、そういうことならと適当に腰かける。

「王太子殿下の作ってくださったシチューには、ちょっと興味があるわよね」

美味しい料理が好きなシェイナが、目を輝かせている。

「確かに王太子殿下お手製のシチューなんて貴重よね」

ネイディーンも興味がある。王家の人間、ましてや王太子が料理をすることなどないからだ。

ネイディーンは慈善活動のため、シチュー作りだけは学んだが、これだって珍しい例だ。

「俺の作ったシチューが貴重なんて光栄だな」

ネイディーンの声が耳に入ったのか、侍従が扉を開けたと同時に、ライオネルが姿を現した。

「ライオネル殿下！」

噂をしていた本人が入ってきて、ネイディーンらは異口同音でその名を口にした。

「やあ、ネイディーンとその他の公女たち。よく来てくれたな」

「その他って……」

ネイディーンからすれば自分ひとりだけが名前を呼ばれ、残る三人がその他扱いというのは気まずい。

「別に気にしなくていいわよ、ネイディーン。もともと殿下はあなたが王宮に連れてきたのだし、親しくて当然だわ」

ライオネルの失礼な言い方を、コーネリアたちはさらっと聞き流しているようだ。早々に決着をつけて、さよならする気満々だからなのだろう。

「悪いな。ネイディーン以外の公女たちの名前も憶えてはいるが、誰がシェイナで、コーネリア、エレインだか忘れてしまったんだ。それにお前ら、一昨日はさっさと帰ってしまうしさ」

「急なお話で驚いたので、早々に屋敷へ戻り、休みましたの」

ネイディーンが代表で答えるが、本音は全員非常識な王太子の前から、早々に去りたかっただけである。

「まあ、いいさ。ところで、俺の手料理だ。シチューだけだが、みんな食べてくれ」

花が飾ってある円形の食卓には、次々と給仕らによって食事が運ばれてきた。

ライオネルが作ったという猪肉入りのシチューを始め、ガーリックパンやサーモンのクリーム煮、サラダやフルーツなどが並べられた。

「ここにいるのは身内ばかりだし、気軽に歓談しながら、どんどん食べてくれ」

「ありがたく頂戴いたします」

スプーンを手に取り、シチューを口に入れると、蕩（とろ）けるような舌触りのコクのある味ながら、肉のくさみもなくさっぱりと食べられる。ネイディーンが作るよりも巧みだ。

「なんという……」

野蛮人のような王太子に料理の腕で負けるなんて悔しいと思いつつ、すぐにスプーンで掬って、次々と口に入れてしまう。

「こんなに美味しいシチューは初めてだわ」

「ええ、そうね」

「わたしもよ」

シェイナ、コーネリア、エレインの三人もネイディーンと同じようで、頬が緩んでいく。

「殿下はいつ料理を習得されたのですか？」

スプーンを置いたシェイナが問うのを聞いて、ネイディーンや他の公女たちも気づく。

ネイディーンの場合、慈善活動のために料理を勉強したが、ライオネルは違うはずだ。

「俺を拾ってくれた漁師の爺さんに教わった。爺さんの家は貧しくってよ。ひとりで生きていくのに精いっぱいだったから、結婚もしていなかった。なのに、俺を引き取って育ててくれたんだ。その爺さんから、生きていくためにたくさんのことを学んだ」

「殿下……」

ライオネルが粗野に育ったのは、事情があったからだ。

ネイディーンも慈善活動をとおして、さまざまな理由で貧困に陥った人たちを見てきた。仕事を失った人や頼れる身内がいない人、両親が他界した孤児たち。彼らは一日分の食費を稼ぐだけでも大変な状況だ。

ライオネルは家族と別れ、ずっと品性とは無縁の生活をせざるを得なかったのだ。

「王子として、民の生活を学べたことはよかったと思う。俺はこれまでの経験を活かし、貧しい民を救える王になりたい」

真剣に民を思うライオネルの強い言葉に、ネイディーンたちは惹きつけられる。

この王子は品性さえ身につけていたら、素晴らしい国王になれるのではないだろうか。

「そのためには、この俺に相応しい伴侶が必要だ。俺を支えてくれる王太子妃がな」

「…………」

ライオネルの生い立ちには同情するが、やはり彼を夫とするなど耐えられない。

ちょうど計画を話すタイミングかもしれない。全員の意見が一致している以上、この件は早々に片づけたい。

「殿下、ならばわたしたちからもお願いがあるのですが」

「ネイディーン、なんだ？」

「わたしたち公女は王家の末葉として、幼少のころより己を磨き、努力してまいりました」

「それで？」

「わたしたちが王太子妃として夫を支えていくのに、はたして殿下が支えるに足るのか試験をさせていただきたいのです」

ネイディーンが申してると、他の三人も頷く。全員意見が一致していると、ライオネルに伝えているつもりだ。

「試験って、なにするんだよ？」

「剣術の試合です」

「剣術？　誰と？」

「わたしたち四人とですわ」

「…………」

ライオネルが口をぽかーんと開け、間抜けな顔をしている。公女の身分で剣を嗜むとは考えたことがなかったのだろう。

「殿下が誘拐されたとき、おそばにいたのは戦闘能力のない女官たちだけでした。もしこのとき女官たちに武器のひとつでも扱えたのであれば、王宮内の衛兵が来るまで、多少の時間稼ぎができたのではないかと、陛下はお考えになられたのですわ」

「父上が？」

「はい。ですから健康な王侯貴族の女子全員に、武術の稽古を課すように命じられましたの。わたしたち全員、剣術を選択しました」

剣、弓、槍のどれを選択してもかまわないのだが、多くの女子は剣を学ぶ。一番扱いやすい武器だからだ。

「へぇ。時代は変わったなぁ」

「そうです、変わりましたの。男性に守られて、大人しくしているだけの王侯貴族女性は減りつつありますわ」

とはいえ、ライオネルが誘拐された十三年前に導入されたのだから、剣術を嗜む女性は二十五歳以下がほとんどだ。二十代後半以降の世代となると、やはり戦闘能力がゼロの者も多い。

「それで試合をして、俺が負けたらどうするんだ？」

「わたしたち全員を王太子妃候補から外していただきたいのです。殿下としても、自分より妻が剣術に優れているとあっては、立場がございませんでしょう？」

　本来であれば下位である公女から、王太子妃を辞退したいとは言えない。

　しかし今回は病床の国王の頼みで、ネイディーンたちは候補者となった。正式に王命として出された話ではないのだから、断ることもできるはずだ。

「俺が勝利したら？」

「もちろんそのときは予定どおり、わたしたち四人の中から妻を選ぶか、それ以外の方をご自分で探してきていただいてかまいません」

「ふーん」

　ライオネルは腕を組み、しばらく考えていた。

　ネイディーンたちは、ぐっと息を殺して、返答を待つ。

　もしライオネルが剣術試合を拒否したら、他の作戦に移す必要があるからだ。

　もちろん断られたときのことは話しあってある。そのときはライオネルから徹底的に嫌われるように、嫌みで自尊心が高く、傲慢な公女を演じようと決めてある。

「いいぜ。その条件、呑んだ」

「ほんとうにございますか？」

　ネイディーンたちの顔が一斉に明るくなる。これで勝てば、ライオネルとおさらばできるからだ。

「その代わり俺が勝ったら、お前ら四人の中から、王太子妃を選ばせてもらうからな」

「もちろんですわ」

ネイディーンたち四人は勝つ自信がある。最優秀というほど長けているわけではないが、剣術の教師からは優秀な部類に入る評価を貰っている。

一方ライオネルは剣術といったら、誘拐前の少年時代に二、三年習った程度だ。ネイディーンたちが負けるはずはない。

「じゃあ食事のあと、早速試合を始めよう」

「明日でもよろしいですが？」

いくらライオネルが素人に近いといっても、油断はならない。漁師をしていたのであれば、身体は鍛えてあるだろう。成人男性の体重はある猪を軽々と持ち上げていたくらいなのだから、体力や腕力も相当あるはずだ。

だから今夜はゆっくり休み、明日に備えたいと考えていたのだ。

「妃になれるのはひとりだけ。ならばさっさと試合をして、妃をすぐに決めて、あとの三人は帰ってもらったほうがいいだろう？」

「それはそうですが……」

ライオネルは勝つ気でいるのかと、ネイディーンは呆れ返る。他の公女たちもだ。四人を相手に、どう勝つ気でいるのか。

ネイディーンたちも剣術の試合なら負けはしない。そして全員でこの離宮に別れを告げるのだ。

食後は各々(おのおの)の部屋に戻り、離宮側が手配してくれた侍女に手伝ってもらいながら、ドレスから稽古着に着替える。

王侯貴族の令嬢の中には、この稽古着を嫌うものもいる。どうしても男装しなくてはならないし、動きやすく作られているからか、デザインも質素で可愛くないのだ。

剣術を学ぶ女性の中は襟元にフリルをつけ、首にリボンを巻くこともある。せめておしゃれをしながら剣の稽古をしたいのだろう。

現にシェイナたちの稽古着がそうだ。

腕前はかなりのものだが、髪をまとめているリボンにすらフリルをつけているくらいだ。

ネイディーンはというと、特に手を加えてはいない。宰相を目指すのに、おしゃれは不要である。

「負けてなるものですか」

ネイディーンは所持している剣を強く握り、自らを奮い立たせせた。

「公女さま、あとの荷物はそのままでよろしいのですよね?」

世話係の侍女が、ネイディーンが脱いだドレスを片づけながら確認してきた。

「ええ。殿下と剣の試合をしたら、すぐに家へ戻るつもりだから」

「畏まりました。しばらく逗留されると聞いていたものですから、確認させていただいたのですけれど」

「事情が変わったのよ。あとはお願いね」

「はい、公女さま」

ネイディーンは扉を開けると、シェイナたちもちょうど支度が終わったようで、次つぎと部屋から出てきた。

「ネイディーン、調子はどう？」

「もちろん、ばっちりよ。シェイナは？」

「今朝は早起きして、屋敷を出立する直前まで練習してきたもの」

「頼もしいわ。コーネリアとエレインは？」

ふたりは顔を見あわせたあと、ネイディーンに自信ありげな笑みを向けてきた。

「問題ないわ」

「相手が王太子殿下だからといって、容赦するつもりはないわよ」

コーネリアとエレインも心配なさそうである。

「でも油断は絶対に禁物よ。長期戦に持ちこまれたら、どうしても女性では体力に限界があるから、こちらが不利になるわ。その前に技術力で倒すの」

今回の試合については、技を持って倒すのみだ。

「けれど、もし万が一わたしたちが負けたら、この中から誰かひとりが王太子妃になるのよね。わたしになったら、いやだわ」

さっきまで勇ましかったシェイナがどうしたことか、急に不安に陥る。

「そうね。わたしもよ。公女に生まれたからには、次期王妃となるのは魅力的なことではあるけれど……」

「コーネリアの言うとおり、無理して王妃にならなくても、優しい方に嫁げればいいわけだもの。殿下の妃になったら、お先真っ暗だわ」

コーネリアとエレインもだんだんネガティブな思考に陥っていく。

三人とも意気込んだ途端、ふと敗北してしまったときのことも思い浮かんでしまったのだろう。

「ダメだと考えていたら、ほんとうに負けるわよ。頭の中には勝利の文字しか入れてはいけないわ」

ネイディーン自身、勝負というのは気あいで決まるものだと信じている。

「そうね、ネイディーンの言うとおりだわ」

「わたしたち、心のどこかで弱気になっていたのね。だからつい口に出してしまったんだわ」

「妃になりたくなかったら、がんばるしかないのよね」

ネイディーンの言葉が励みになったのか、シェイナ、コーネリア、エレインと順に落ちつきを取り戻していく。

「さあ、みんな。行くわよ」

「ええ！」

こちらが劣勢であっても、「絶対に勝つ！」という強い志が必要なのだと、全員が目を輝かせていた。


普段、王家の人間が利用することがない割には、離宮の庭は手入れが行き届いている。いつ誰が使用してもいいように、常時綺麗に清掃されているのだろう。

ネイディーンたちはここでライオネルに勝負を挑み、そして勝利し、今夜中には屋敷へと戻るつもりだ。

「やっと来たか」

ライオネルが待ちくたびれたと言わんばかりに、欠伸をしていた。

「王太子たる方をお待たせして、申し訳ありませんでしたわ」

「女の着替えは時間がかかるから仕方ないさ」

ネイディーンたちは全員が稽古着だが、ライオネルはというと、食事のときに着ていた地味な服装のままだ。

これまでは庶民として暮らしていたのだから、贅沢な絹の服に袖を通すことはなかっただろうし、安い生地で作られたものしか買えなかったのだろう。

しかし、もう生活に心配はないというのに、なぜ粗末な衣類に身を包むのか。

「殿下はお着替えをされなかったのですか？」

「別に必要ないだろう？」

「殿下が身に纏っている生地は、絹ではなく綿ですよね？」

「ああ、長年着慣れた生地のほうがいいからな。どうも絹は着心地が悪い」

そんなものだろうか。

ネイディーンも下町に行くときは綿で作られたドレスにしているが、当初は肌触りが違うこともあり、抵抗があったものだ。その逆もあるのかもしれない。

「それに配給が必要な民がいる以上、王子である俺が贅沢な衣服に身を包むのも気がひける」

「立派な心がけですこと」

これは珍しく、素直に尊敬できる。

「無駄話はやめて、早速始めようか」

普段は子どものように無邪気な表情をしたライオネルが、まるで三日月を描くように剣を構え、美しく素早い動作をする。

練習用の木剣だから斬られるわけがないのだが、その勇ましい姿に本物と見間違えるほどで、ネイディーンたちは圧倒された。

「お……お手柔らかに願いますわ、殿下」

ここで怯(ひる)んだら、気迫だけで負ける。

ネイディーンは、絶対にライオネルを倒そうという勢いで、素早く手にしていた剣を構えた。

「わたしたちと順番に手あわせしていただき、全員を負かしたら殿下の勝ち、ということでよろしいでしょうか？」

これではライオネルに不利だとは思ったのだが、どうしても女性のほうが体力では劣る。ここはハンディをつけてもらうしかない。

「なんか面倒だな。四人同時にかかってきていいぜ」

「殿下？」

いくらなんでも一対四は卑怯(ひきょう)ではないだろうか。

当初の作戦では、まずネイディーンが対戦し、ライオネルがどの程度の実力かを測る。

次にエレイン、コーネリアと続き、ライオネルの体力を消耗させ、最後にシェイナが最終決戦に持ち込むという手はずになっていた。

素人相手に、四人で一斉に攻撃しようなどという意地悪をするつもりはない。

「王太子である俺がかまわないって言っているんだ。かかってきな」

余裕の笑みで煽るライオネルに、ネイディーンはこれを好機ととらえた。

おそらく女性だからと、甘く見ているのだろう。それならば、その油断を利用させてもらうまでだ。

「では、殿下。遠慮なく四人がかりで相手をさせていただきますが、二言はございませんね？」

「ああ。王太子の名にかけてな」

ライオネルが自信たっぷりにそう言っているのだ。こちらとしても相手の望むようにするのが、挑んだ者としての務めだろう。

「ネイディーン、いくらなんでも王太子殿下相手に四人がかりは、どうなのよ？」

「さすがに問題あるのでは？」

国王の次位に立つライオネルを四人が一斉に攻撃するなど、無礼極まりないのではないかと、コーネリアとエレインは心配しているのだろう。

「問題ないわよ。殿下ご自身がよいと仰せなのですもの」

「ネイディーンの言うとおりよ。この際お言葉に甘えて、さっさと勝って、それぞれの屋敷に帰りましょう」

シェイナが後押しすると、コーネリアとエレインも賛同するかのように頷いた。

「そうよ。また数日中にでも茶会を開いて、今回のことは笑い話にでもして、終わらせましょう」

「いい案ね」

ネイディーンの提案に、シェイナが賛同した。

「それもそうね」

「あとで笑い話にするのはいいかも」

コーネリアとエレインもだ。

「早くしろよ」

「はい、お待たせいたしました。いまから参りますわ」

ネイディーンに続き、シェイナたちも真剣な眼差し(まなざ)で、ライオネルに剣先を向けていく。

「殿下、お覚悟はよろしいでしょうか？」

「ああ」

四人から同時に攻められようとしているのに、ライオネルは平然としている。少しも慄(おのの)いていない。

よほど勝つ自信があるのか。あるいは女性だと思って舐(な)めているのか。

ここまで冷静でいられると、逆にネイディーンたちが退(ひ)きそうになる。

「いくわよ、みんな！」

「え、ええ！」

ネイディーンは口調を強めて、シェイナたちに再度気あいを入れさせる。

どんなにこちらが強くても、気後れすれば負けるからだ。

「王家の血を引く公女たちが、どんな剣術を披露してくれるのか楽しみだな」

片手で剣を構え、にやりと笑うライオネルに対し、ネイディーンたちも剣をぎゅっと握り、迫力では負けまいと眦(まなじり)を吊り上げた。

「私は真正面、シェイナは後方、コーネリアは東、エレインは西側に回って」

ネイディーンが一歩足を踏みだすと、残る三人はどういう対戦でいくのか即理解してくれ、それぞれ指示した位置へと走る。

「はぁぁ！」

ネイディーンが威勢のいい声を張り上げる。それが試合開始の合図であることを、ライオネルと三公女はすぐに察し、全員が剣を振り上げた。

第四章　王太子妃に選ばれました

「う……嘘でしょう……？」

ネイディーンたち四人は全身から力が抜けてしまったかのように、その場に座りこんだ。

たった数十秒前のことだった。剣術の試合開始直前、四人でライオネルを囲み、逃げ場を作らせない状況を作った。

最初にネイディーンが正面から挑み、続けて他三人が、隙ができたライオネルの剣を払い落とすという算段だったのに、瞬く間に試合が終了したのだ。

ネイディーンは剣術教師から優秀だと褒められていたのに、ライオネルがひと振りしただけで、あっさり剣を払い落とされてしまった。

他の三人も同じである。

「なんて素早いの？」

ライオネルは同時に背後、左右から攻められようとしていたにもかかわらず、くるりと振り返りながら、コーネリア、シェイナ、エレインの順に、一瞬にして彼女たちの剣を払い落としたのだ。

気づいたときには、四人全員が負けていた。

「勝負あったな」

「そんな……」

ネイディーンだけでなく、他の三人も茫然としており、声すら出せなかった。

「どういうこと？　殿下が剣術を学ばれていたのは、誘拐前のことだったはず……」

ネイディーンの疑問に、三公女も二度頷く。まだ敗北したのが信じられないのだ。

これで完全に、誰かひとり犠牲にならなくてはいけなくなる。

「俺は育ての爺さんが他界したあと、軍隊に入っていたんだ」

「軍隊？　王太子ともあろうお方が？」

「紛争の絶えない国に住んでいたって言っただろう？　ラウィーニアに帰るにしても、大型船に乗るには大金が必要だしな。手っ取り早く稼ぐには、軍に入るしかなかったんだよ」

ネイディーンたちは平和な暮らしの中で剣術を学んだが、ライオネルは生きるために腕を磨いてきた。

ライオネルには実戦経験があるが、ネイディーンたちにはない。

いくら気あいを入れたところで、所詮は安全圏にいたネイディーンたちだ。生死を賭け、命がけで剣の腕を磨きあげてきた相手に敵うわけがないのだ。

「ま、でも女が強いのはいいことだ。俺に子どもが生まれて、その子がまた誘拐されそうになったとき、女官たちが剣の使い手なら頼りになるからな」

その子どもは誰が産むというのだろう。ネイディーンたちは顔を見あわせ、「わたしはいやよ」とばかりに、互いに首を振る。

「ネイディーン、お前が俺の子を産め」

「えっ？」

突然、指名されたネイディーンは顔を上げる。

聞き違いではないだろうかと疑ったが、ライオネルから手を差し伸べられると、自分が名前を呼ばれたのだと確信した。

「俺は最初からネイディーンを妃にするつもりでいた」

「えっ？　えええぇっ？」

とっくにライオネルの心は決まっていたとは知らず、全員がはしたなくも声を大きく上げた。

「俺の妻となり、将来の王妃になるのはお前だ、ネイディーン」

「そんな……」

これが知性と品性を兼ね備えた王太子なら名誉なことなのだろうが、野蛮人のライオネルでは不名誉だ。

「殿下、初めからネイディーンを妃にとお決めになられていたのでしたら、なぜ最初に、陛下におっしゃられなかったのですか？」

シェイナの疑問はもっともだ。国王にネイディーンを王太子妃にしたいと申し出れば、他の公女たちは離宮まで来る必要などなかった。

「俺が最初からネイディーンしか頭になかったって言ったら、他の公女たちが気の毒に思えて、言いづらかったんだ」

シェイナたち三人は首を横に振っていた。誰ひとりとてライオネルなど眼中になかったからだ。

「それにネイディーンと離宮で過ごせるなら、それも悪くないと思ったし」

十八年間の人生で、求婚された経験がなかったからか、ライオネルからの告白に、ネイディーンはつい頬が緩んでしまう。

「そしたらお前らから剣術の試合をと言いだしてきたからさ。これは面白いなと」

「面白い？」

「俺のいた大陸では女剣士がたくさんいたからな。この国の女子も剣を手に取るようになったなら、実力を見るいい機会だと思った」

ネイディーンたちの挑んだ勝負を観察するなど、こちらが利用されたような気分だ。

「王太子である俺に臆せず、真剣に立ち向かう姿勢は頼もしかったぞ。弱いのが難点だが、新兵相手なら勝てる程度の力はあるんじゃないか？」

ネイディーンたちは最強とまでは言わないが、剣術は強い部類に入ると自負していた。

それが実際の軍隊経験のある相手と戦ったら、こんなにも弱かったとは。ショックで立ち上がれそうにない。

「ネイディーン、手を貸してやるから立てよ。お前は俺の妃になるんだから」

「でもわたし……」

「約束は守ってもらうぞ」

ネイディーンはライオネルのことなど愛してはいない。しかし王太子が選び、決めたことだ。この国の民として、王族の端くれに生まれた者として、従う義務がある。

「疲れたので、もう少し座らせていただきたいのですが」

「そうか？」

「あのう、殿下」

野蛮人の妃になるなど、ほんとうにショックで立てそうにない。

ネイディーンとは逆に、明るい表情をしたシェイナがゆっくりと立ち上がった。

「ネイディーンを王太子妃にお決めになられたのでしたら、わたしたちは用済みということですよね？」

「まあ、そうだな」

コーネリアも立ち上がり、軽く稽古着の汚れを払っている。

「でしたら、わたしたち三人は王都の屋敷に帰ってもよろしいのでしょうか？」

エレインも立ち、落とした剣を拾っていた。

「ああ、ご苦労だったな。俺がさっさと父上に話しておけばよかったんだが」

「いいえ、とんでもございませんわ。王太子殿下自ら猪を狩られて、調理された料理をいただけたのですもの。こういう機会は滅多にないことですから」

気のせいだろうか。ネイディーンには、シェイナが殊勝な振りをして安堵の笑みを浮かべているように見える。

「わたしもこのように剣を交えさせていただいて、己の非力さがよくわかり、よい勉強になりました」

「殿下とネイディーンの幸せを心から願っておりますわ」

気のせいではない。コーネリアとエレインもだ。自分たちが王太子妃候補から外れたものだから、すっかり安心している。

「ありがとうな。気をつけて帰れよ」

「はい、殿下。おふたりが結婚されても、わたしたちはネイディーンのよき友人として、将来の王妃を支えさせていただきます。それでは、これにて」

シェイナたち三人が丁寧にお辞儀をし、晴れやかな顔をして、その場から振り返ることなく去ってしまった。

「ちょっと……」

妃に選ばれたネイディーンが困惑しているというのに帰っていくなど、女の友情とはこんなにも儚く脆いものだったのか。

ネイディーンは裏切られた気分に陥り、肩を震わせ、拳を握りしめながら立ち上がる。

「なんて冷たい友だち……」

「失礼だな。お前の友だちは、俺たちを祝福してくれたじゃないか」

ライオネルも単純な性格をしている。シェイナたちは妃に選ばれなかったからこそ、嬉しさのあまりネイディーンを祝福したのだ。

「殿下は……」

「なんだ？」

「いえ、なんでもございません」

おめでたい方ですわね、と皮肉のひとつも言いたくなったが、さすがに国王に次ぐ身分の王太子に対し、そこまでの非礼はできない。

「まだ正式な婚約は先になるだろうが、いまここで婚約予定の証だけは立てておこう」

「証？」

なんのことだろうと首を傾げると、ライオネルの手がネイディーンの腰に回り、胸元へと引き寄せられる。

異性と接触するのは、幼いころに父から抱っこされて以来のことだ。

「殿下……！」

胸を打つ鼓動が速くなり、呼吸が荒くなっていく。

気恥ずかしさのあまり目を背けようとしたら、ライオネルの手が頬に触れ、急な発熱が起きたかのように熱くなる。

「なにを……」

抵抗する間もなく、ライオネルの顔が下りてきて、ネイディーンの小さな唇を塞いできた。

「で……ん……！」

ネイディーンにとって、生まれて初めてのキスだというのに、嫌悪感がまったくない。

不思議だ。

理由はわからないが、この唇の感触を知っている気がするのだ。

「ん、ん……」

ライオネルがどれだけネイディーンへの情愛を示しているのか、キスをとおして伝わってくる。

長い間生き別れとなり、ようやく再会を果たした恋人同士のようなキスだ。

どうしてそこまで想って(おも)いてくれたのだろう。

ネイディーンは王家の血筋とはいっても、フレデリックやアメリア兄妹(きょうだい)と違い、そこまで親しくはなかったはずだ。

「ん……ふ……ふぁ……」

初めてのキスは上手く息継ぎができず苦しかったけれど、甘く蕩けるようで、ライオネルに吸収されそうだった。

「これが婚約するという証だ」

「キスひとつで証なんて……」

ネイディーンにも理想がある。

はっきりと断りたいのだが、ライオネルが王太子である以上、よほどの事情がなければ拒絶することなどできない。

「わたし……わたしは……」

頭の中で断る理由を探すが、なにも浮かばない。

「どうした？　王太子妃になるのに問題でもあるのか？」

「そういうわけではないのですが」

そもそもライオネル自身が問題だらけである。

「じゃあ、なんだ？　公女に生まれながら、他にやりたいことでもあるのか？」

「やりたいこと……あっ、そう、そうです！」

この騒動ですっかり忘れていたが、ネイディーンは将来の目標を決めている。

「わたしはラウィーニア王国初の女性宰相を目指しているのです。ですから王太子妃にはなれません」

「宰相？　公爵家の公女がか？」

ライオネルが不思議に思うのは無理もない。行方不明になる以前は、ラウィーニア王国の女性が政治にかかわることなど、ほとんどなかった。あるとすれば女王くらいだ。

「昼食のときにも話しましたが、殿下が誘拐されたとき、そばにいたのは犯人たちに怯えていた女官ばかりでした。ですので陛下が『健康な女性なら武術を学び、また学業が優秀なら政界に出るのもよかろう』とおっしゃったことがきっかけとなり、わたしたちの世代から女子も、武術や政治学を勉強するようになりました」

「王族や貴族の女性も、男子並みに学ぶようになったんだよな」

「はい。わたしも幼いころから宰相になることを目標としてきました。この夢を途中で投げだしたくはないのです」

「ふーん」

ライオネルは興味なさそうに聞き流している。どう説得すれば納得してくれるのか。

「宰相になりたいなら、王妃になったほうがいいだろう？」

「えっ？」

「そっちのほうが大出世じゃないか」

「いえ、あの、その」

ネイディーンは遠回しに断っているというのに、ライオネルには通じない。

ここは無礼になっても、拒絶の意思を示したほうがいいのだろうか。

「ってことで、問題はないな。俺の妃はネイディーンに決定だ」

このままではライオネルによって、勝手に話が進められてしまう。はっきり話すしかない。

「問題なら大ありです。わたしは宰相を目指したいのであって、将来の王妃の地位など全然興味ありません！」

「父上は次期国王である俺に不安があるからと、王妃に補佐してほしいと決められた。王妃と宰相、どっちになろうが大して変わらないだろう？」

「そんな……」

ネイディーンはライオネルと結婚したくないのだ。それをどうやったら理解させられるのだろうか。

その日は夜まで、ネイディーンは頭を悩ませるのだった。


ネイディーンと同じく王太子妃候補として離宮を訪れたシェイナたちはディナーすら断り、わずか数時間の滞在で、それぞれの屋敷に戻ることになった。

離宮は郊外にあるとはいえ、王都からそれほど遠くはない。夕方出発しても、その日のうちに到着できる。

彼女たちが早急に帰りたがったのは、ライオネルがネイディーンを妃にと決めたからには、心変わりしないうちに退散したほうがいいと判断したからだろう。

「こうなったら、明日の朝一でわたしも帰ろうかしら？」

机の上に『未熟者ゆえ、王太子妃になる自信がございません。辞退させていただきます』と、一筆書いたメモを残し、夜明け前に出ていくのだ。

「なんで帰るんだ？」

ライオネルとのディナーを終え、断り方を考えながら部屋に戻ろうとしたときだった。背後から声がし、驚いたネイディーンは振り返る。

「殿下！」

まさかライオネルが後ろにいたとは気づかなかった。人がいるとわかっていたら、注意して、声を漏らすなどしなかった。

「なあ、なんで帰るんだよ？」

「それは、その、わたしは……えっと……」

王太子妃になれる器ではないからと言おうとしたのだが、どう答えても、ライオネルには通じないのではないだろうか。

「俺の妃はお前しかいないというのに」

「あっ……」

真剣な眼差しをしたライオネルの顔が下りてきて、ネイディーンの小さな唇を塞いでくる。

二度目は軽いキスだった。

「ん……」

すぐに抵抗しようとライオネルの腕をつかんだが、急に忘れていたものが蘇ったような感覚に陥った。

やはりネイディーンは、ライオネルの唇を知っている。そんな馬鹿なことがあるわけがないのに、なぜなのか。

「あふぅ……」

ライオネルが息継ぎのため一時的に唇をずらし、そして今度は覆いかぶさるように塞いできた。

最初の軽いキスと異なり、激しく、人を惑わすような情熱を感じる。

長い年月、ずっとネイディーンに会うためだけに生きてきたのだと伝わる。本気で愛されているのかと、次第に抗う力が抜けていく。

「んんっ？」

そのうち唇が割られ、生ぬるい肉が潜り込んできた。

ネイディーンを貪りたいとばかりにゆっくりと歯列をなぞられ、舌を絡ませてくる。

苦しくて息ができず、唇の端からみっともなく涎を垂らしてしまう。しかも自分の口の中に、他人の舌が入っているのに、まったくいやな気持ちにならない。

むしろ蜂蜜のように蕩けそうで、頬がじんじんと熱くなっていく。

頭の芯までのぼせて、茫然としてくる。

身体を持ち上げられ、抱えられても、思考が停止状態となってしまった。

「俺の気持ちを受けとめろ、ネイディーン」

「わたしは……」

「俺の寝室へ行くぞ」

「寝……室？」

ライオネルの寝室に行って、どうするのか。熱いキスに、その先すら考えられなくなっていた。

すれ違う侍従や侍女たちが頭を下げていく中、ライオネルの寝室へと入り、宝物のように、ベッドに置かれる。

襟元のリボンにライオネルの手がかかっているというのに、ネイディーンにはキスの余韻が残っていて、心を奪われたかのようにぼんやりする。

「美しい女になったな、ネイディーン」

「美しい……？　わたしが……？」

ネイディーンは吊りあがった目の形をしているからか、そこまで自分を美しく感じたことはない。

ライオネルの言葉はお世辞かもしれないが、照れ臭さに頬が緩む。

「そしてこの男を吸い尽くすような柔らかな肌もいい。溶けてしまいそうだ」

「えっ？」

いつのまにかライオネルの顔が首筋へと移動し、ネイディーンの素肌に唇をあてていた。

「え、ええ？」

ライオネルからちゅっと吸われて、ようやくネイディーンは我に返る。

「わたし、なにも着ていない？」

気がつけば上半身が脱がされ、リボンとインナーがベッドの横の椅子に置いてあり、ブラウスも脱がされていた。

この世に生を受けて十八年、着替えを手伝ってくれる侍女以外は誰にも見せたことがないというのに、いまライオネルを前に素肌が露（あらわ）になってしまっている。

「きゃあ！　いや、なに、これ？」

ネイディーンは恥ずかしさのあまり、全身が熱湯のように熱くなった。そして、とっさに左腕で胸を隠し、右手でベッドの上にあった衣類を取る。

「待て」

ライオネルがブラウスを着させないとばかりに、ネイディーンの右手をつかんできた。

「殿下？」

「なんのつもりだ？」

「着るに決まっているではありませんか。いくら王太子殿下でも、夫ではない殿方の前で、肌を露出する趣味はございません」

「夫ではないって、どういう意味だ？」

「そのままの意味ではございませんか」

異性に素肌を見せていいのは、神の御前で相手との愛を誓ったあとだ。

ライオネルとは遠い親戚同士ではあるが、夫ではない。肌を見せていい相手ではないのだ。

「ネイディーン。お前、俺が言ったことわかってないな？」

「わかっていらっしゃらないのは殿下です。現在の殿下との関係は、父親同士が又従兄弟。わたしたちは三従兄妹（みいとこ）という遠い、遠い、とおーい親戚にすぎません」

「どうせ身内同士での結婚も多いんだ。そんなに遠いことを強調することもないだろう？」

遠まわしに、異性の前で裸になりたくないと言っているのに、相変わらずライオネルには通じない。

しかもまだ正式に婚約したわけではないのだ。肌を曝すなどとんでもないことである。

「俺はお前を妃にすると決めたんだ。もう俺たちは夫婦同然だ」

「そんな、強引すぎます」

「国王になる俺の横に立つ女はお前だ、ネイディーン」

「殿下、わたしは……あっ……」

ライオネルがこれ以上の反論は聞かないとばかりに、腰に手を回しながら、ネイディーンの口を塞いできた。

「んっ」

ライオネルから熱いキスをされると、また頭が惚けてきて、なにも考えられなくなる。

離れなければいけないと思うのに、魂が吸い取られたかのように、身体が硬直して動かない。

「あ……」

ゆっくりと上半身を倒され、ライオネルが覆いかぶさってくる。

この先に起こることを考えると、急いで起き上がり逃げなければならないのに、全然力が入らない。

「お前をフレデリックには渡さない」

「フレデリック？」

「ああ。仲よく慈善活動をしていたよな？」

「フレデリックとはただの幼なじみですわ」

まさかライオネルは、フレデリックにヤキモチを焼いているのか。

「幼なじみにしちゃ、恋人のようにも見えたぜ？」

「互いに友人以上の感情はありません。そもそも殿下とフレデリックは従兄弟同士で……あっ」

いきなりふたつの丸い胸を鷲づかみにされ、びくっと両肩が跳ねる。

「なかなかつかみ心地のいい胸だ。俺の手の大きさにぴったりとくる。揉みがいがあるな」

「……っ！」

辱めの言葉を受けているというのに、怒りが湧いてこない。それどころか、胸になにをされるのか、期待で心臓がどきどきと鳴り始めていた。

ネイディーンは心の隅では、ライオネルから淫らなことをされてもかまわないと望んでしまっている。

そんな馬鹿なと自身を否定しつつも、その証拠に鼓動がだんだん速くなっていく。

「自尊心の高そうなお前が胸を弄ばれたら、どんな反応をするのか」

「殿下、あぁ」

ライオネルの手がネイディーンの乳房を揉んでくる。粘土を柔らかくするかのように指を動かされると、身体がひくひくとし始めてきた。

「あ、こんな……嘘だわ……」

湯浴みをするときとて、侍女たちがネイディーンの身体に触れ、汚れを洗い落としてくれるが、なにも感じたことはなかった。

それなのにライオネルからは、軽く揉まれただけで反応してしまう。

夫や恋人でもない男に触られているというのに、羞恥はあっても、嫌悪がない。

「あふん」

これまで一度も出したことのない甘い吐息が、自然と口から出る。

ネイディーンはあまりのはしたなさに、とっさに唇に両手をあてた。

「手を下ろせ。お前の喘(あえ)ぐ声が聞きたい、ネイディーン」

「…………！」

仮にも公女の身であるから、人前で奇妙な声を漏らすわけにはいかない。ネイディーンは王太子であるライオネルの命令を無視し、口から手を離そうとはしなかった。

「強情だな。そのほうが好みだけどさ」

「…………！」

ネイディーンのしていることが、逆にライオネルを煽っているのか。

だが相手に誘導され、甘えるような声を漏らすのは絶対にいやだ。

「どこまで耐えられるか、試してみるのも面白い」

「！」

ライオネルが胸の頂上にある紅い粒に指先をのせ、小石を転がすかのように、グイグイと上下に動かしてくる。

「んっ！」

強いむずむず感が脳に届く。

女性の乳首は赤ん坊のためにあるものだと思っていたのに、異性に指で回されるだけで、こんなにも甘美なものなのか。

「どうだ、いいだろう？」

「ん、ん」

ライオネルの言うように、「いい」という言葉以外が出てこないのは確かだが、素直に返事をしたくない。

男の言いなりになる女だと思われたくないからだ。

「んん、ん」

ネイディーンは全然よくないと伝えようと、首を強く横に振る。

絶対に負けてなるものかという意思を示したかった。

「なんだ、足りないのか？」

「んっ！」

もうひとつの粒も同じようにつつかれ、疼(うず)きが二倍にも膨れ上がった。

「んん」

やめてと、左右に首を振るが、ライオネルには通じない。それどころか、ネイディーンの態度が愉快だったようで、ますます硬くなった乳首を遊んでくる。

そのたびに手の力が抜け、声を抑えるのが苦しくなってきた。

「我慢せずに声を出せ、ネイディーン。そのほうがもっと、いいって」

「ん、あ……」

両方の乳首を転がすように回され、どんどん「いい」が強くなっていく。これ以上唇を塞いでいるのは限界だ。

ネイディーンは自然と手を下ろし、息を吸い込むように口を開いた。

「ふにゃぁん」

猫が鳴いているかのような声を発した自分に驚く。男に淫らなことをされると、こんなにも変わってしまうものなのか。

「いいぞ、ネイディーン。たくさんよくしてやるからな」

「あんっ、やぁ」

ライオネルが自らの舌を使い、ネイディーンの乳首をねっとりと嬲(なぶ)ってきた。

やっていることは指と同じなのに、舌でされると何倍もいい。

こんなことあっていいはずがないのにと否定しつつも、ネイディーンは拒めない。

「殿下……どうか……」

続きはなにを言おうとしたのだろう。変になる前にやめてと懇願しようとしたのか、それともたくさん舐めて、頭の中をかき乱してほしいと望んだのか。

ネイディーンは自分でもわからなくなってしまうほど、この快感に浸りたくなってきた。

「どうか？　なんだ？　なにをしてほしいんだ？」

「あう……あ……左……」

「左？　左手のことか？」

ライオネルがネイディーンの手首をつかみ、指先を軽く口に含んでくる。

「ああっ」

胸ほどではないにしろ、かすかに擽(くすぐ)ったさを感じる。まさか指まで、いいという箇所とは知らなかった。

「違……違います。手ではなく……」

いくらライオネルが王族としての教養や品性を失おうとも、王太子に変わりない。左も同じようにしてなどと頼むのは図々(ずうずう)しいことだ。

「いいぜ。正直に言えよ、ネイディーン。ここには俺とお前のふたりしかいないんだ。遠慮することはない」

「ひ……左の……」

遠慮しなくてもいいのだと思ったら、無意識に願いごとが口から出てきてしまう。

「左の？」

「胸も……舐めて」

「ああ。お前の望むとおりにしてやろう」

左も可愛がってもらえると喜んだ途端、それは期待外れに終わった。

ライオネルが胸の中心地だけ避けて、乳房だけ舌を丸く走らす。

ネイディーンの胸は遊んでもらいたいと要求しているのに、なぜライオネルはこんなに意地悪してくるのだろう。

「殿下、あぁ、そこではありません」

「お前の望んだとおり、胸を舐めているじゃないか」

「そうですけれど……」

ライオネルは間違っていない。ネイディーンの希望どおりのことをしてくれている。

具体的に言わないことには、一番望んだことをしてもらえないのだ。

「胸……の頂上を……舐めてください」

「遠まわしな言い方だな。直接的に言えよ」

「そんなはしたない単語……」

公女たる者が口にすることなどできない単語だ。

「言えないならいいさ。ただし左は指だけで終わらせてやる」

「あ、や」

口でされることを知ったら、指では物足りない。

「わ……たし」

どうしてしまったのだろう。ネイディーンは宰相になるのが夢で、必死に勉強し、そのための活動もしてきたというのに、男ひとりに惑わされてしまうなんて、自分が自分でないみたいだ。

「左の……胸の粒も……舐めてください」

「粒ねぇ。はっきり乳首って言えよ」

「そんな……」

ネイディーンが抗えなくなっているのをいいことに、ライオネルは恥ずかしいことばかり要求してくる。

「乳首……殿下の舌で……お願いします……」

屈辱的なことを味わっているというのに、まったく悔しさがない。それどころかライオネルにひれ伏すことが快感になってきている。

こんなのは明らかにおかしいはずなのに、それほど悪くないという自分がいる。

「そうやって素直になれよ。俺たちは結婚するんだからな」

「わたしはまだ……あっ」

ライオネルの舌でつつかれ、いっそう快楽が増していく。ときには小さな玉を転がすように舐めまわされ、次はきゅっと吸われ、それを繰り返される。

「あふぅん、はぁ……あぁ」

当初は喘ぐのだけは我慢しなくてはと堪えていたが、それも限界だ。いまでは自分の吐く息にすら気分のよさを感じ、嬉し涙すら零れ落ちる。

「あぁ、殿下。もっと……もっとにございます」

ネイディーンは身悶(みもだ)えしながら、必死で哀願する。

ライオネルがどちらの胸も交互に愛(め)でてくれて、どんどん快楽が突き進んでいく一方だというのに、どこまでもゴールに到着しないのだ。

「いいぞ、ネイディーン。そうやって俺を求めろ」

「殿下……たくさん、して」

違うと、ネイディーンは心のどこかで否定する。自分は男に媚(こび)を売る女ではなかったはずだ。

将来の目標も定まっていたというのに、突然帰国したライオネルひとりに翻弄(ほんろう)される。こんな馬鹿な状況などあっていいはずがないのに、ネイディーンはこの流れに逆らえずにいた。

「どうだ、いいだろう?」

「うぅ……」

「いいって言えよ」

「いふぅ……い……」

「なんだよ、まだ自分の気持ちに、正直になれないのか?」

「違……」

ネイディーンは「いい」と言ったつもりなのだが、喘ぎと混じって、上手く返事ができなかったのだ。

「これならどうだ?」

「ひぃっ」

ライオネルの手が乳房から、ネイディーンの股へと下りてくる。

花びらに手をあてられているだけなのに、乳首を嬲られるよりずっといい。

「まだ手で触っただけだぞ。なのに頬を真っ赤にして感じまくっているな」

「…………!」

なぜここまでの仕打ちを受けて、身体が興奮しているのだろう。

次つぎと暴言を吐かれても、むしろ昂(たかぶ)ってくる一方だ。

「ここをこうすると女は気持ちよくなってくるんだろう?」

ライオネルの手が擦(こす)るように動き、それに刺激を受けて、ますます快感が広がっていく。

胸以上に甘く、強く、疼きが激しく、脳髄にまで達しそうな勢いだ。

「あぁ、やぁ……」

ライオネルの巧みな指の動きに合わせ、無意識に腰を揺らしてしまう。なにかを早く達成させたいという気分があるのだ。

「あ、なに？　変な音が……」

水をかき混ぜているような音が耳に入るのだが、ひどく卑猥だ。

「お前がお漏らししている音だ」

「そんなはずは……」

尿意を感じていないのに漏らすはずはない。ましてやネイディーンはもう幼児ではないのだ。

「これは大人のお漏らしだ」

「大人の？」

「そうだ。女は陰核を揉まれ、いいと感じたら、淫水が流れ出てくるんだ。量が多いほど、いやらしく触れられることを喜んでいる証拠だ」

「あぁ……」

いまどれくらいの淫水を垂らしているのか、まったく見当がつかない。ただくちゅくちゅとした音色から、相当の量が溢れているのではないだろうか。

「えっ、あっ！」

与えられた快楽が極まりそうになる直前、両足をつかまれ、大きく広げられる。

「で……殿下、そこは……」

女性にとって一番大事な箇所を大股開きにされても、不名誉どころか心地よい。

認めたくはないが、いまのネイディーンはライオネルからされるすべてのことが最高にいいのだ。

「陰核亀頭が大きいのな。こんなにでかけりゃ感じまくって、淫水も多いわけだ」

「いん……？」

宰相を目指しているネイディーンは、ありとあらゆる分野を勉強したつもりだったが、ライオネルから出てきた単語は初めて聞く。

「王族としての知識教養はネイディーンが上でも、剣技や性技は俺のほうが断然上だな」

「性技だなんて、そんなもの……」

もし娼婦（しょうふ）なら、男を喜ばす性技を身につけているのだろうが、ネイディーンは公爵家に生まれた。誰もそんなことを教えるはずがない。

「俺にも教えられることがあったんだな」

ライオネルが無邪気に遊んでいる小さな子どものような笑みを向けてきた。

俺にも、と言うことは、ひょっとしてライオネルは、心のどこかで劣等感のようなものを抱いていたのだろうか。

考えてみれば当然かもしれない。王太子でありながら、王族としての教養や作法をすべて忘れてしまい、一から勉強しなければならなくなった。

病気療養中の国王に万が一のことがあったら、ライオネルが即位するわけだが、おそらく政治に関しては、フレデリックや重臣任せになることだろう。

だからと言って、性技と政務は別問題だ。

ライオネルには国王としての責務を果たせないことに、もどかしさがあるのかもしれない。

「こんなの……教えてなんか……もらわなくても……」

「教えてやるよ、ネイディーン」

ライオネルの指の動きが加速してくる。同時にどんどん甘い痺れが爪先まで広がっていき、なにかから解放されようとしていた。

「う、あ？　もう……あと少し……ダメ……」

「達けよ、ネイディーン」

「い……いく？　いくって……なに……ああ、あぁぁ！」

全身からじわじわとした疼きが解き放たれた瞬間、ほんの数秒ではあったが、ネイディーンはこれまで味わったことのない気分に酔い痴れた。

神の御使いが降臨でもしたかのように、天に昇っていくような幸福感に浸ったのだ。

「はあ、はあ……」

いま自分になにが起きたのか、どのような状態なのか、ネイディーンは呼吸を整えるのに精いっぱいで、考えることができなかった。

「もう一回いくぞ。身体が敏感になっているから、すぐに達けるだろう」

「う？　あ？」

ライオネルの手が再び動き始めると、ほんの数回花弁を擦られただけだというのに、びくんびくんと先ほどとは異なり、ネイディーンは瞬く間に絶頂へと導かれる。

「あぁぁん、なんで……こんなに早く……」

「敏感になっているからと言っただろう？　淫水もどんどん溢れてきている」

ライオネルからそこをぐいぐいと弄（まさぐ）られると、身体中がびくびくする。

「やぁ……ん、また達ってしまう！」

「ここには俺とお前のふたりだけだ。遠慮なく達ってしまえ」

「あぁ！」

ネイディーンはシーツをぎゅっと握り、身をよじり、髪を乱す。

ライオネルによって生まれて初めて知った快楽を味わいたいと、腰を弾ませる。

「あ……あ……ひぃっ」

ネイディーンは二度目の官能がさく裂すると、頭が弾（はじ）けたような感覚に陥る。

自分の身体ではない気がし、どこか宙に浮かんでいるみたいだった。

「たっぷり濡れたところで、ここからが本番だ。もっとよくしてやる」

「まだ……なにかあるの……？」

ネイディーンはそう問いつつも、完全に満足しきれていなかった。

果肉がひくひくとなにかを求める。どこか物足りない。なにかがほしいと訴える。

それとも花弁をたくさん擦ってもらえたら、すべてが満たされるのだろうか。

その答えは、このあと知ることになる。

「一番肝心なことだ。俺とひとつになるんだからな」

「はん……？」

別々の人間が合体できるわけがない。いつものネイディーンなら苦笑していただろうが、いま精神が浮遊している状態では、さらっと聞き流してしまっていた。

「俺のを入れるんだ。少しきついかもしれないが、これだけ濡れまくっているんだ。大丈夫だろう」

「えっ？　あっ？」

なんのことだろうと疑問に思う間もなく、両足を持ち上げられ、ライオネルの肩に乗せられた。

すぐに身体の中心地にぬるっとした硬いものが押しつけられ、肌がぞわっとしたのも束の間、ネイディーンの体内にぐいぐいと侵入してくる。

「やっ、あぁっ？」

体内に異物を入れられたのは初めての体験で、きついということはないのだが、慣れないだけに違和感がある。

「淫液がどろどろだったとはいえ、こんなにすんなり入っていくとはな。俺のものと相性がいいらしい」

「で……殿下とわたしは……あまりよい相性ではないかと……」

理想の男性像は具体的にはないが、野蛮な男だけは避けたい。

ライオネルは好みの男性からはほど遠い位置にあり、相性が合うわけがなかった。

「いいや、すごく合っている。ぎゅーぎゅーと俺の雄を締めつけてきて、どんなにほしがっているか伝わるぞ」

「ほしがってなんか……あぁぁ……」

ネイディーンからすれば、自分の体内に入ってきた雄蕊（ゆうずい）に支配されているようだった。荒波のような快感が走り、脳がぶっ飛びそうだ。

ライオネルのものに、もっと蜜壺（みつつぼ）で暴れて、極限まで追いつめてくれと願いたくなる。

「男女の交わりっていうのはな、身分に関係なく公平だ。王族や貴族の姫たち、庶民の娘、娼婦と、生まれにまったく差はない。男に愛撫（あいぶ）されれば善がり、股を開かされれば興奮し、こうして雄を挿入されたら絶叫する」

「ち……」

違うと否定したいのに、できない。ライオネルの言うとおりだからだ。

いまのネイディーンは目の前の男を求めるただの女にすぎない。

「もっとも娼婦のほうが仕事と割り切って、男を喜ばす術を身につけているようだがな」

「わたしはそんな……あぅ」

ネイディーンは男と交わったこと自体が初めてなのだ。性技を心得ている娼婦に敵うわけがない。

「だがな、男を陥落させる術を持つ娼婦より、お前のほうが最高にいいに決まっている。身が清められる思いがする」

「殿下……？」

ライオネルは清められるというほど、汚れた生活をしてきたのだろうか。詳細を語ってはくれないから、そのあたりのことはわからない。

「あっ……」

いま痺れるような衝撃が最奥に到達した。

花弁を揉まれたときよりも凄まじく、階段を一気に駆け上がるように、ネイディーンを絶頂に押し上げる。

「あぁ、殿下。もう、もう……！」

「ネイディーン、俺もだ。俺も達きそうだ」

ライオネルの抽挿（ちゅうそう）が加速していく。それに合わせるように、ネイディーンの顔も引き攣り、身をよじる。

「あ、あ、あぁあっ……！　また、また達くっ！」

「達け、ネイディーン！　俺もいっしょに達く」

「あぁっ！」

ライオネルに先導されたとき、ネイディーンの理性はガラスが割れたように、消え去った。

それは彷徨（さまよ）っていた暗闇の中から抜けだし、眩（まぶ）しい光が目に入った解放感のようなものだった。

第五章　惹かれていきそう

カーテンの隙間から入る陽射しが目にあたり、朝になったのだと気づく。

ネイディーンは「んんー」っと、両腕を大きく伸ばした。

「今日も天気はよさそう……あら？」

ゆっくりと上半身を起こすと、なにも身につけていない自分に気づく。

「き……きゃっ！」

眠る前は必ず寝衣を身につけているはずなのに、なぜ裸で寝ていたのだろう。

暑くて無意識に脱いでしまったのかと、ネイディーンは昨夜のことを必死に思いだす。

シェイナたちが去ったあと、ディナーの時間となり、ライオネルとともに食事をした。

特に会話はなく食事を終えたあと、ぼやきをライオネルに聞かれてしまい、キスをされ、寝室に連れていかれ……。

「思い……だしたわ。わたし、殿下と一夜を……！」

いまさらながらに顔面が熱くなり、額から汗が滲みでてくる。

国王や王太子から伽を命じられるのは、女性にとって名誉なことだ。だが、それはあくまで貴族や庶民の女性に限られる。

仮にも王族の端くれとして生まれた者が、未婚のまま異性と夜をともにしたのだ。

なんというふしだらなことをしてしまったのかと、ネイディーンは両手で顔を隠した。

「わたし、もう結婚できないわ」

「俺と結婚するんだろ？　なに言ってるんだ？」

「えっ？」

すぐそばから声が聞こえる。ネイディーンは恐る恐る隣に目を向けると、そこには拳で頭を支え、横になっているライオネルがいた。

「殿下！」

「おはよう、ネイディーン」

ライオネルはなにごともなかったかのように、さわやかな笑顔で朝の挨拶をしてきた。

「お、おはようございます、殿下」

とりあえず返事をしなければと、ネイディーンも挨拶する。

「昨夜は楽しかったぞ」

「あの……その……」

「お前だって、よかっただろう？　何度も達く、達くと言って、善がっていたじゃないか」

「そ……そのような恥ずかしいこと、おっしゃらなくても！」

昨夜のネイディーンはどうかしていた。

ライオネルから身体に触れられ、あちこちにキスのシャワーを浴びせられ、変に気持ちがよくなっていった。

天国にでも連れていかれたような気分になっていき、そのまま寝入ってしまったのだ。

「なんだ、まだ足りなかったのか？」

「そのようなことは！　十分すぎるほどのご寵愛をいただきましたわ」

本音としては、寵愛などいらなかったと言いたいところだ。

「素直じゃないな」

「あっ！」

起き上がったライオネルから両肩に手を置かれ、ネイディーンは再び押し倒された。

まさか昨夜の続きをするつもりなのか。

「殿下、お許しを。もう、ほんとうに無理にございます」

異性との性交というのは、剣術の稽古を猛特訓するより疲労が激しいと知った。

まだ体力が回復していないというのに、ライオネルから弄ばれたら、今日は一日ベッドで過ごさなくてはならなくなる。

「だけど俺のここは、こんなになっているんだ。朝からネイディーンの裸を見たからだな」

ライオネルがネイディーンの手を引っ張り、自らの中心部にあてさせてくる。

それは何度もネイディーンの体内に侵入し、苦痛と快感を与えてきた肉棒だった。

「きゃっ！」

当然のことだが、これまで男性の性器など触れたことはない。ネイディーンはびっくりして、すぐに手を引っこめた。

ほんの一、二秒触っただけだが、ライオネルのものが大きく逞しいことを感じた。

こんなにも硬くて雄々しい生肉に貫かれて、よくこの身体は壊れなかったものだ。

「もうビンビンになっているんだ。これをネイディーンの中で鎮めたいんだ」

「と……殿方の自然現象なのでは？」

ネイディーン自身、どこで覚えたのかは不明だが、朝立ちくらいの知識はある。

「半分はネイディーンに興奮しているんだ。お前もだろう？」

「わたしは冷静です。そろそろ朝の支度をしなくては」

「まだ夜が明けたばかりだ。朝食まで互いを鎮める時間はたっぷりある」

「えっ、あ？　ああっ」

ふたつの乳房をつかまれ、また粉を捏ねるように揉まれる。

身体に甘い痺れが走り、疼いてくる。我慢しなくてはと、貧乏揺すりのように足を揺らし、性欲を抑えつけようと努力する。

「やっぱりお前も淫らなことをされたがっているじゃないか」

「そんな……うっ……く」

「身体は正直なんだよ。お前の乳首はどっちともコリコリだぞ」

「あぁ、あんっ！」

そっと弾き飛ばすかのようにライオネルから硬くなった粒を指でつつかれ、ネイディーンは自分でも恥ずかしくなるほどの淫声を上げた。

「いけない」

ネイディーンは公女としてあるまじき声だと自分を諫め、口に手をあてる。

「いまさらじゃないか。昨夜は何度も男を誘うかのような、色気のある声を出しまくっていたぞ」

「そんなことはございません」

ネイディーンは首を横に振り、羞恥のあまり否定するが、卑猥な言葉も口走っていた記憶がある。

「お前は将来王妃になる身だ。夫となる王太子の前で、嘘をつくことは許さん」

「嘘だなんて……あぁ」

頭を撫でられるかのように、粒を指で擦られ、快感の波が肌に揺らいでいる。

「嘘をついた罰だ。乳首だけで達くんだ」

「無理……です……あふん……」

昨夜も何度か達かされたが、胸だけでは絶頂を味わうことはできなかった。気持ちがよくても、与えられる快楽が弱いのだ。

　中心地を指か舌で弄られるか、あるいはライオネルのもので貫かれない限り、最高潮には達しない。

「大丈夫だ。お前の乳首をいまから開発してやる」

「開発って……あ、なにを？」

　粒を縦に撫でていた人差し指が、今度は横に優しく擦ってきた。

　それを数回繰り返していくうちに、今度は二本、三本と増えていき、縦横に撫でられる。

「あふぅ、はぁん、なに……？　これ……？」

　肩がびくびくと跳ね、足が痙攣を起こしたかのように震えてくる。

　昨夜も同じ感覚はあったのだけれど、今朝は少し違う。粒を撫でまわされているだけで、快感が一気に加速しているのだ。

「どうだ？　意外といいだろう？　女は男がどういうふうに愛でるかで、乳首だけで達してしまえるんだぞ」

「う……あぁ、はぁ……」

　そんな馬鹿なと反論したいけれど、喘ぎ声しか出てこない。

　快楽に酔い痴れ、達することだけしか頭にない。

「これはどうだ？」

ライオネルの指先が粒の周囲を走り回っていく。くるくると何周か回っている間に、ネイディーンの快感は昂っていく一方だ。

「ああ、もう少し……で、達せそう……なのに……」

疼きがじわじわと足の爪先まで広がりを見せ、あとひと息で頂上まで昇る勢いだというのに、なかなか辿りつきそうにない。

「慌てるな。そんなに早く達したら、おもしろくないじゃないか」

「でも……わたし、あぁ、もう……」

ネイディーンは髪を振り乱し、早く蟠（わだかま）っているものを吐きだしたい。

絶頂を迎えたいのに、もどかしくて、疼きだけが増すばかりだ。

「お……願い……です、殿下。早く……達かせて……」

「仕方ないな。困っている妻の顔には弱い」

妻とは、ネイディーンのことか。

まだ正式に婚約すらしていないというのに、ライオネルの頭の中では、すでにネイディーンは妻になっている。

「殿下ぁ……」

ライオネルがネイディーンを妻として扱おうが、いまはどうでもいい。

甘えた声でおねだりし、願いを叶えてもらうことしか考えられないのだ。

「もう少しの我慢だ。あとちょっとで達けるはずだ」

「い、いやぁ。我慢……できない」

一秒でも早く疼いているものを放出したいというのに、ライオネルはそれを許そうとしない。

もし結婚したら、こんな意地悪を頻繁にされてしまうのかという喜びと苦しみが交差して、感情が複雑になる。

「さあ、そろそろ充満するころだろう」

五本指で石鹸(せっけん)の泡をつかむように、乳暈(にゅううん)を摘(つ)ままれる。そして親指で粒を軽く押され、ぐいぐいと動かされると、やっと体内に溜(た)まっていた性欲が吐き出されようとしていた。

「あ、あ、やぁ、あぁぁぁっ」

「達ったな」

ライオネルのこのひと言にも煽られたのか、凄まじい高揚感に包まれた。

「はあ、はあぁ……」

荒く息を吐きながら正気に戻ると、胸だけで達してしまえる自分はなんて淫乱な人間なのだろうと、自己嫌悪に陥る。

「これで……終わり……ですよね？」

ネイディーンは乱れた息を整えると、ライオネルに問う。

「俺がまだだぞ」

「あ……」

ライオネルの溜まったものも発散させなくてはならない。ネイディーンだけが気持ちよくなってはいけないのだ。

「お前のここだって、物足りないと言わんばかりにヒクヒクしているじゃないか」

「いやんっ」

両足を持たれ、ぐいっと大股開きにされる。こんな朝早いうちから、秘部を曝けだすなど耐えがたい屈辱のはずだった。

しかしいまのネイディーンは、次はなにをされるのだろうと期待している。

「お前も俺をほしがっているんだろ？　乳首だけで達くだけあって、こんなに濡れているぞ」

ライオネルの手がネイディーンの花弁に手をあて、ぎゅっと揉んでくると、また蕩けるような刺激が全身に走っていく。

「ああん、また、また……達きそ……」

「敏感な身体をしている。俺の元気な雄とは相性がよさそうだ」

二度目の絶頂を迎える寸前で、ライオネルの猛々しい肉塊がネイディーンの中へと押し寄せてくる。

「あぁっ、殿下！　達きたい……」

「達っていいぞ。ただし俺のものでな」

「あっ！」

ライオネルの肉塊が最奥まで突き進んでくると、ネイディーンの身体は再び解放され、本日二度目の最高潮に達した。

「俺の肉欲を鎮めるのは、お前の役目だ。わかったな、ネイディーン」

「あ……？」

ネイディーンは返事をする気力もなく、陸に上がったばかりの魚のように、口をぱくぱくさせていた。

いまはただ、快楽の余韻に浸っていたかった。


生まれてから記憶のある限り、こんな最悪な朝を迎えたことはなかった。

いやだと口にしては、身体は善がり、ライオネルを求め、淫行に夢中となった。

ライオネルもまたネイディーンを求めてくる。

異性から愛欲の対象にされると、自然と身体が反応してしまうものなのだろうか。

十八にもなって、恋愛経験には疎かったからか、異性からそういう目で見られても、まだ心情が追いついていかない。

「はあ、どうしたらいいのかしら？」

ネイディーンは庭の噴水の大皿に座り、手に水をつける。

冷えた水は、気分を和らげるのにちょうどいい。

「宰相を目指したかったわ」

王妃になるなど考えていなかった。

第二王位継承者であるフレデリックとは親しく、その仲を噂する者もいたが、互いに恋愛感情を持ったことはない。

自分を強く想ってくれる人が現れたからには、ネイディーンも真剣に結婚を考えるべきなのだろう。

「なんで宰相になりたいんだ？」

「えっ？」

背後から問われ、振り返ると、またもやライオネルが立っていた。

「殿下！」

なぜこの王太子はネイディーンが呟いていると、いつもタイミングよく現れるのか。偶然だろうが、監視されているのではないかと疑いたくなる。

「朝食のあと、どこに行ったのかと捜したぞ」

「どうしてわたしを捜されるのですか？」

「お前をもっとよく知りたいからだ。決まっているだろう？」

「わたしのなにを知りたいのですか？」

「すべてだ。俺は誘拐されて、長いこと王宮には戻れなかったからな。その間のネイディーンを知らない」

噴水の大皿の縁に腰を下ろしたライオネルが、珍しく穏やかな笑みを向けてくる。

ネイディーンは胸の鼓動が活発化してきた。なんとか抑えなければと、もう一度指先を水につける。

「わたしは……」

いったいなにを話せばいいのか、ネイディーンは迷う。

しばらく庭を眺めながら、手を揺らし、頭の中を整理する。

その間、ライオネルは口を開くことなく、ネイディーンが語り始めるのを待っているようだった。

「わたしは話題にするほどの人生など歩んできてはおりません。他の公女たちと同じように、学問に励み、剣術の稽古に取り組み、そんな日常を送ってきただけです」

「じゃあ、他の公女たちと変わらない生活をしてきて、なんでお前は宰相を目指そうとしたんだ？」

ライオネルが今度は真顔になって問うてくる。

「五、六歳のころだったでしょうか。フレデリックが『ネイディーン、僕は王国内で貧しい生活を余儀なくされている人、困っている人を助ける人間になりたいんだ』と、話したことがあったんです。わたし、その言葉に幼いながらも感銘を受けました」

「フレデリックが？」

ライオネルが急に複雑な表情になっていく。

奇妙な話をしただろうかと、ネイディーンもまた戸惑う。

「殿下は長い間行方不明でしたし、やがてフレデリックが王位を継承することになったら、役に立ちたいと思うようになりました」

「ネイディーン、その話だが、お前は小さかったから……」

「あっ！　いけない、すっかり忘れていたわ！」

フレデリックの話をしていたら、ネイディーンは急に思いだした。

「いきなり、どうした？」

「今日はフレデリックとともに、下町へ慈善活動を行くことになっているのです」

急いで食材の仕入れをしなくてはいけないし、料理を作る時間も確保しなくてはいけないのに、いまから用意したのでは間にあわない。

「お前と再会したとき、貧困者にシチューを配っていたが、あれか？」

「はい。下町でも部屋を借りられる者はまだいいのです。でも住むところさえなく、路上で暮らしている者も大勢います。わたしは彼らの力になりたいのです」

宰相を目指すのであれば、当然の行動だ。ささいなことだが、少しでも空腹が満たされれば、彼らとて生きる力が湧いてくることだろう。

「俺にも手伝わせてくれないか？」

「はあ？　殿下が？」

ネイディーンはライオネルからの申し出に、つい奇妙な声で訊き返した。

「ダメか？」

「ですが王太子が慈善活動など……」

同じ王族でも、ライオネルとネイディーンでは、立場が違う。

フレデリックにしても直系から近い血筋なのだから、本来は奉仕活動などするべきではないのだが、「僕も社会勉強になるし、人手は多いほうがいいだろう？」と、手伝い始めてくれたのだ。

「妻が人助けをするというのであれば、夫が手伝うのは当然のことだろう？」

「殿下……」

王妃や王太子妃となった者は、夫である国王や王太子を支えなければならない。反対に、王太子が妻の活動を手伝うということがあっただろうか。

「じゃあ、早速王都へ戻るか」

「はい。ありがとうございます」

ネイディーンは初めてライオネルに感謝した。

これまで毛嫌いしていた王太子に礼を言える日が来ようとは、ネイディーン自身まったく想像していなかったことだ。

ライオネルのことは見かけだけで判断せず、もう少し、その人柄を観察してもよいのかもしれない。

離宮から王都入りしたときには、すでに昼を過ぎていた。

ネイディーンは馬車から街の様子を眺めながら、ふぅっとため息をつく。

「いまから材料を仕入れて、料理を作るとなると、やはり時間が足りないわね」

夜の下町は、決して治安がよいわけではない。ときどき夜盗や殺傷事件もある。

ネイディーンのような公女は、いい標的だろう。金銭的なものを盗まれた挙句、不審な男たちの餌食(えじき)になりかねない。

「明日じゃダメなのか？」

「ダメということはないのですが、毎月決まった日に配給しているものですから」

今日休んでしまうとパンやシチューが食べられなくて残念がる者もいるだろう。

「フレデリックはどうしているんだ？　いつもあいつと活動しているんだろ？」

「わたしが借りている家でシチューを作っている間に、フレデリックが自邸からパンを運んできているので」

いつもあらかじめ次の配給日を決めておく。そして当日、シチューができ上がるころ、フレデリックが下町に借りた家まで迎えに来る。

もし家に誰もいなかったら、フレデリックが心配するはずだ。

「じゃあ、いまから下町の家に行こう。そこでフレデリックと合流すればいい」

「材料すらないのに？」

「シチューだけは明日、配給すると伝えておけばいい」

「そう……ですわね」

確かに一日延期の連絡しておけば、多くの人は安心するはずだ。

「決まりだな」

ライオネルが馬車の窓から御者に声をかけ、ニューエル公爵家ではなく、下町へ向かうように指示を出した。

「あ、ですが殿下」

「なんだ？」

「王族や貴族の馬車が下町まで入っては、住民が驚きます」

王家の人間が乗る馬車には、鷹（たか）の紋章が入っているのだが、それでは下町に行くのに目立ってしまう。

ごく一般的な貴族が乗るデザインの馬車を用意しても、下町では注目される。

もし万が一、王太子がお忍びで出歩いているということが知られたら、住民らの間で大騒ぎになる。

「少し離れたところで馬車を止めて、あとは歩くか」

「そうしていただけるとありがたいです。殿下は馬車でお待ちくださいませ」

「なにを言う。俺もつき添うぞ」

「ですが王太子ともあろう御方に、目的地まで歩かせるのは気が引けます」

言葉づかいは庶民でも、ライオネルは王太子だ。ネイディーンも臣下として、弁(わきま)えなくてはいけないこともある。

「俺は一兵卒として、馬に乗る上官のあとを歩き、戦地まで赴いた。海を渡り、ラウィーニア王国の港から王都まで、徒歩で到着したんだぞ」

「そうでしたわね」

ネイディーンは悲しい気持ちで、目を横に背けた。全軍を指揮してもおかしくない王太子が一兵卒に身を置いていたなど、聞いているほうが苦しくなる。

「いつもはフレデリックといっしょなんだろう？　今日は従兄弟どのに変わり、俺がネイディーンの護衛だ」

「わたしだって剣くらい扱えます。王太子殿下自ら護衛などと、畏れ多い」

「俺より弱いのに？」

「…………」

これにはなにも反論できなかった。ネイディーンの腕前はさほど酷くはないとは思うのだが、経験の差はどうしても埋められるものではない。

「畏まりました。では、大変畏れ多いことにございますが、わたしの護衛兼つき添いをお願いいたします」

「承知した」

これではまるでネイディーンが王女で、ライオネルが護衛官のようだ。

たとえ女性であっても、王太子であるライオネルを守るのは、ネイディーンでなくてはいけないというのに。

「ありがとう……ございます」

ネイディーンは照れながら、つけ足すように謝意を口にした。いまの素直な気持ちだった。

馬車が街の大通りの広場に到着すると、御者と従者にはそこで待っていてもらうように指示を出した。

ネイディーンは普段着のドレスでは目立つため、ショールを羽織り、なるべく目立たないようにする。

ライオネルはというと、もともとラフな格好をしているため、特に問題はない。

「殿下、王太子というご身分が知られては、混乱が生じるかもしれません。下町にいる間は、わたしの遠縁の者ということで、ライオネルとお呼びさせていただきます」

実際、ライオネルとは血縁が遠いとはいえ、親戚には違いない。

「俺のことは、この先もライオネルのままでいいぞ」

フレデリックのように近い親族ならかまわないのだろうが、遠縁のネイディーンでは身分が違いすぎる。

「わたしは継承権も下位ですし、一位の殿下とは差がありすぎます」

「ネイディーンはもう俺の婚約者だ。結婚して夫婦になるんだから、他人行儀はよせ」

ネイディーンはまだその気にはなれないというのに、ライオネルは結婚するつもり満々だ。

「殿下、わたしは……」

ずっと目標を持って、剣術の稽古や政治学の勉強をし、慈善活動もしてきたというのに、結婚により、すべて諦めなくてはいけないのか。

ネイディーンの中で、ライオネルへの人物像が少しずつ変化してきているが、まだ結婚まで踏み切れない。

「ネイディーン、あれ、見てみろよ」

「なんでしょうか、殿下……いえ、ライオネル」

ライオネルの指した方向には、広場で皿を手にした住民らが行列を作っている。

「どうして……？」

フレデリックだけではパンしか配れないから、皿などいらないはずだ。

それを持って並んでいるということは、誰かが料理を作って、配給しているということだ。

「あ、いつものお嬢さんだ！」

母親とともに並んでいる男の子が、ネイディーンに気づく。

「まあ、お嬢さん。今日はご用があるとかで、若旦那さんと供の方たちしかいらっしゃらなかったのに。ご都合がついたのですか？」

「若旦那？」

この下町で、フレデリックがなんと呼ばれているのか知らないライオネルからすれば、違和感があるのだろう。

「フレデリックのことですわ」

「じゃあフレデリックがひとりで配給しているってことか？」

「そういうことになりますね。とりあえず行ってみましょう」

ネイディーンはライオネルと行列の先頭まで歩いていくと、そこには鍋からお玉でシチューを掬っているフレデリックと護衛官がいた。

「フレデリック！」

「ネイディーン？　それにライオネルも」

配給していた人物は、やはりフレデリックだった。ネイディーンがいなくても、予定どおりにシチューを作り、住民に配ってくれていたのだ。

「フレデリック、ありがとう。わたし、今日が活動日だってこと、すっかり忘れていて」

「いいよ。アメリアから聞いている。離宮に……」

「フレデリック」

ネイディーンは口もとに人差し指をあてた。ライオネルが王太子であること、そして妃候補の公女たちと離宮で生活を始めたことは、この場では口外しないでという意味だ。以前ライオネルとこの広場で会っている護衛官も承知したという意味で、頷いてくれた。

「話はあとにしよう」

フレデリックが次の人から皿を受け取り、シチューを入れた。いまは活動が優先だ。

「そうね。手伝うわ」

「俺も。人手が多いほうがいいからな」

ネイディーンはショールを腰に巻き、エプロン代わりにすると、早速お玉を手に取った、しかも今日はライオネルが増えたことで、いつもより早く終わった。

「今日も空っぽになったわね」

「ん、今日はもっと時間がかかるかと思ったけれど、ネイディーンたちが来てくれたから助かったよ」

「こちらこそ、助かったわ」

もしフレデリックが来てくれていなかったら、明日は大慌てで支度をしていたことだろう。

「でもフレデリック、あなた料理は作れたの？」

ネイディーンとて料理人から学んで、やっとシチューが作れる程度だ。

次期王位継承者になるだろうと囁かれていたフレデリックが、料理を嗜んでいたとは意外だ。

「我が家の料理人に作ってもらったんだ」

「そうだったの」

匂いからして香ばしく、ネイディーンの作ったシチューより美味しそうだった。料理人が作るものは、やはり違う。

「君たちこそ王都に戻ってきて、どうしたんだい？　他の公女……お嬢さんたちは？」

まだ近くに住民がいることに気づき、フレデリックが「お嬢さん」と言い直した。

「シェイナたちなら、昨日の夕方に帰ったわ」

「他の三人は半日しかいなかったってこと？」

「ええ、まあ、そうね」

「なにがあったんだい？」

フレデリックには誤解のないように、どこから説明するべきなのか。

「他の三人が屋敷に戻った理由は決まっているだろ？　俺がネイディーンを妻にすると決めたからだ」

ネイディーンが話の順序を考えている間に、ライオネルが宣言してしまう。

「じゃあ、王太子妃……じゃない、ライオネルの妻にはネイディーンが決まったの？」

あまりにも早く決まったからか、フレデリックがきょとんとしている。

「わたしは……いきなり結婚と言われても、まだ実感もなく……」

心のどこかで妃になってもかまわないと思う自分がいるのか、ネイディーンははっきり否定できないでいた。

「素晴らしい！」

「フレデリック？」

「伯父上もきっと喜ばれるよ。長年生き別れた息子が帰ってきて、しかもすぐに結婚が決まったんだ。お祝い続きだね」

フレデリックも従兄弟と幼なじみの結婚が決まったと思ったのか、心から祝福しているようだった。

「従兄弟どの、ありがとう！　身内から祝われるのが一番嬉しいぞ」

「祝賀パーティのときは、僕が親族を代表して、乾杯の音頭をとるよ」

「おお、頼むぜ」

フレデリックまでその気になっており、ネイディーンの王太子妃が確定になっていきそうだ。

このまま自分の意思とは関係なく、婚約決定の流れになるのが怖い。

「それで君たちは、これから王都に戻るの?」

「いや。今朝、父上には『しばらくネイディーンとだけ過ごし、交流を深めたい』と、手紙を出しておいた」

この言い回しだと国王には、ネイディーンも王太子妃になることに前向きだから、もう少し互いの気持ちを確かめあいたいと、伝えたようなものではないか。

「僕も時間ができたら、君たちのところにお邪魔するよ」

「ああ、待っているぞ」

「じゃあ、またね」

片づけを終えたフレデリックは手を振り、護衛官らとともに去っていく。

配給を終えた住民たちもいなくなり、広場に残っているのはネイディーンとライオネルだけとなった。

「俺たちも戻るか」

「わたしはできれば一度、父の屋敷に戻りたいのですが……」

「なんでだ？」

「せっかく王都に来たのですから、挨拶くらいはしておこうかと」

そしてこのまま父に頼み、なんとかライオネルとの結婚を白紙に持っていけないか、相談するつもりだ。

「なぜなのですか？」

「挨拶なんぞ、もうしばらくしてからでいい。まずは互いの交流を深めることが大事だ」

「長い年月、会えなかったんだぞ。俺はネイディーンが幼いころからなにをし、考え、成長していったか、すべて知りたい」

そこまでネイディーンのことを知りたがる理由はなんなのだろう。

「あなたはわたしのどこをお気に召されたのでございますか？」

「決まっているだろう。俺を褒めてくれたところだ」

「？」

ネイディーンにはライオネルを褒めた記憶などない。

「さっさと帰るぞ。遅くなったら、暗くなる」

「あ、はい」

ネイディーンは父の屋敷に戻るつもりでいたのに、とっさに返事をしてしまった。

結局、当分の間はライオネルと暮らすことになるのかと、憂うつになる反面、心が躍っている自分がいる。

ライオネルをどう思っているのか、ネイディーンは自分でも気持ちの整理ができないでいた。

第六章　攫われた公女

離宮での暮らしも、一か月が経とうとしていた。

ライオネルは王太子としての勉強を一から始めるために、行儀作法や政治学について、教師から学んでいる。

学問については飲みこみが早いらしく、教師も次つぎと新しいことを教えていくそうだ。ところが作法に関しては、順調とは言いがたいようである。

「長年、荒くれた中で生活していたんだ。上品な物腰だの、訛りのない発音なんぞ、いまさらできるか」

ライオネルがそう主張し、作法の教師らは苦労しているようである。

ネイディーンはというと、離宮の侍従から王宮へライオネルとの婚約内定の報告がいき、王太子妃としての教育を受けることになった。

「ニューエル公爵家のネイディーンなら、同世代の王族の中でも、もっとも成績が優秀と聞いておる。王太子妃として申し分ない。まだふたりの時間を大切にさせてやりたいから、婚約パーティはしばらく先にするが、公女の妃教育だけは早々にさせねば」

そう言って、国王が大そう喜んでくれているという話を、王宮の使者から伝えられた。

そしてネイディーンの両親も同じだ。ライオネルがネイディーンを妃に望んでいるとの連絡が公爵家に入った直後、すぐにこの離宮を訪ねてきた。

「我が家は王族といっても末端だというのに、娘が王太子妃になるとは、なんと名誉なことだ」

「わたくしたちも将来の王妃の両親になるのですから、心構えをしておくつもりでいますからね」

両親もまた大はしゃぎだ。すっかりネイディーンが王太子妃に決定したと思っている。

離宮内の侍従や侍女たちも、これまで公爵家の公女だったのが、「やがては王太子妃殿下になられる方」と、見る目が違ってきている。

「これではもう決定だわ」

ネイディーンはぼやきながらも、実は王太子妃教育自体はなかなか興味深く、熱心に受けている。

将来の王妃としての立ち居振る舞い、王宮内における人事の掌握、王家の祭事、伝統など、新たな知識を学べるのは楽しいものだ。

休憩は昼食のみで、朝から夕方まで勉強であるが、まったく苦にならない。

それでも昼の休み時間は長めにとってあるので、ライオネルと話をする機会も増えてきた。

もともとライオネルがネイディーンについて知りたがっていたので、記憶を辿りながら、昔話をすると静かに聞いてくれる。

「あれはわたしが十歳くらいのころだったでしょうか。フレデリックたちと……」

過去にネイディーンが友人と遊んだり、他愛のない雑談で盛り上がったりしたことなどを喋っているだけなのだが、ライオネルは熱心に耳を傾けている。

「いいな。俺もフレデリックやネイディーンたちとともに、この国で十代を過ごしたかった。母上にもひと目でいいからお会いしたかったな」

あるとき、ライオネルがふと寂しそうにそう呟いた。

普段は明るく、賑やかに振る舞っているように見えるのだが、心の奥底では辛い過去の傷を封じこめていたのだろう。

こういう悲哀漂う姿を見てしまうと、どう声をかけてよいものか。

過ぎてしまった時間は戻らない。子どもに戻って、いっしょに遊ぶことはできない。

それでもこの先は違う。王宮で暮らしていくのだから、悲観することはないはずだ。

「また同世代の親戚で集まればよろしいではありませんか」

「子どものときのように、かけっこして遊ぶのか？」

「まさか」

当時ともに遊んでいた王族の子どもが成人し、追いかけっこするのを想像したら、ついぷっと吹きだしてしまった。

「わたしもアメリアたちとは、ときどきお茶会を開いて、他愛のない世間話をしています。殿下も同世代の親戚を招いて、昼食会を催されてはいかがでしょう？　娯楽に興じるのもよいですし」

もう追いかけっこする年齢ではないが、ボードゲームをするなどして、身内と交流を深めることもできる。

「そうだな。離宮での勉強が終わったら、招待するかな」

ライオネルは気を取り直そうとしているのか、無理に作り笑いをした。

「…………」

このとき初めて、孤独な少年時代を歩んだライオネルのそばにいたいと思った。

彼の心の傷を癒やせるのは、妃にと望んでくれたネイディーンだけではないのか。

「殿下……」

「ライオネルでいいと、いつも言っているだろう」

そうは言われても、つい癖で、敬称で呼んでしまうのだ。

「ライオネルは漁師のお爺さんに助けられたとおっしゃっておりましたけれど、その方との暮らしはどうでしたの？」

「爺さんは身寄りがなくてさ。俺を孫のように可愛がってくれたが、生活するのに精いっぱいだった。病気になっても薬は買えず、最後は食欲もなくなり、痩せ衰えて亡くなった」

「まあ……」

養い親が亡くなったことは、さぞかし辛かったはずだ。なんと言葉をかけてよいのか。

「爺さんは『ライオネル、お前と家族になれて楽しかった。わずかな金しか残してやれないが、お前のために少しずつ貯めておいたから、困ったときに使いなさい』と言い、金をくれたんだ」

「その遺産はどうされたのですか？」

「遺産というほどでもない。ほんの一か月の食費程度だ。でもその金で薬くらいは買えたのにな」

「そこまで……」

王族に生まれたネイディーンたちは、病気になれば医師に診てもらえるし、高価な薬も容易に購入できる。

ライオネルは王子に生まれながら、誘拐されたために、そこまで困窮した生活を強いられていたのか。

「泣いているのか、ネイディーン？」

「えっ？」

自分でも気づかないうちに、頬に涙が流れ落ちていた。

「ネイディーンは優しいんだな。自ら進んで人助けしているくらいだしな」

「そんなこと……」

天涯孤独だったお爺さんが、どれだけライオネルを可愛がっていたか、その心情が伝わってきたからこそ、自然と泣けてきただけだ。

「その後、入隊されたのですよね？　よくご無事で……」

ラウィーニア王国は生活に困っている民は多くても、紛争がないだけ平和だ。

「そうだな。でも、ま、軍隊生活のことはあまり話したくないな」

ネイディーンたちが剣術試合を申しこんだとき、四人がかりでも敵うわけがなかった。

実践経験があるか否かではない。過酷な人生を送ってきたライオネルに、不自由ない暮らしをしてきたネイディーンたちが勝てるわけがなかったのだ。

剣を握った瞬間から覚悟が違っていた。ネイディーンたちにとっては試合でも、ライオネルにとっては真剣勝負だったからだ。

「漁民や一兵卒として生きようが、ラウィーニア王国王太子であるという矜持だけは捨てるつもりはなかった。もし身分を放棄したら、父上や母上、多くの臣民、そしてネイディーンを捨てることになるからな」

旅費を貯めるために戦場へ出るくらいなら、身分を捨てたほうが楽に生きられたはずなのに、ライオネルの心は王太子であり続けた。

すべては両親とネイディーンとの再会のために、矜持を維持してきたのだ。

「ご家族だけでなく、なぜわたしのためにまで生きようとされたのです？」

「それは……」

ライオネルはすぐに返答せず、しばらく腕を組んで考えこんでいた。

そんなに答えに迷う質問でもないと思うのだが、ライオネルはなかなか口を開いてくれない。

「変な質問をしたのでしょうか？」

「いや。ただ、その理由については、お前が自分で思いだせ」

「わたしが？」

いったいなにを思いだせというのか、ネイディーンのほうが考えこみそうだ。

「お前、すっかり忘れているし、教えてやるのも癪だからな。別れたとき、まだ五歳だったから仕方がないけれどさ」

「そんな五歳のころの記憶なんて、曖昧なことも多いに決まっているではありませんか」

無茶を言うライオネルに、ネイディーンこそ不快になる。

「それでも思いだせ」

「無茶苦茶です！」

なにかの拍子に幼少時代の記憶が蘇ることもあるだろうが、さすがにこれは無理難題である。

「さて、と。俺は午後からまた作法の講義があるんでな。お前もだろ？」

ライオネルが席を立つ。

「はい。今日の午後からはラウィーニアの歴代国王や王妃について学ぶ予定でおります」

「じゃあ、お互いがんばろうぜ」

「はい」

ライオネルは立派な国王を目指すべく、懸命に努力しようとしている。その姿が頼もしく、ネイディーン自身も負けてはいられない。

「わたし、どうしてしまったのかしら？」

野蛮人の妻になるなど嫌悪感があったのに、いまはライオネルに情が移りつつある。

長年想われていると知り、どうして惹かれずにいられようか。

やがてライオネルが即位したとき、彼を補佐できるのであれば、王妃としてその役目を果たしたいという思いが芽生えてきている。

宰相になるという夢は諦めなければならないが、どういう形であれライオネルや民の役に立てるのであれば、肩書にこだわらなくてもいいのではないだろうか。

「わたし、ライオネルが……」

ライオネルに惹かれていることに間違いないが、異性として好きという感情があるのかどうか。まだネイディーン自身そこがはっきりとしない。

「んー、やっぱり久しぶりの外は気分転換になるわね」

いつもの慈善活動を終えたネイディーンは両手を伸ばし、大きく深呼吸をする。

教師からは「王太子妃となる方の身に万が一のことがあったら」と、猛反対されてしまったのだが、ライオネルが「護衛をつければよいではないか」と、説き伏せてくれたのだ。

「離宮で教育を受けているとなると、なかなか外に出るのは難しいようだね」

フレデリックが空っぽになった鍋の蓋を閉め、片づけながら、話を振ってきた。

「覚えることがたくさんあって大変だけれど、いまはライオネルを助けたいと思っているから」

「そういう台詞が出てくるってことは、ライオネルとは上手くいっているのかい？」

「最近はね」

ネイディーンはエプロンを外し、折りたたむ。

ほんとうは今日の活動とて「俺もネイディーンにつき添いたが、いまは勉強に集中したいしな」と、しぶしぶ諦めたくらいだ。

一日でも早く王太子としての自分を取り戻し、正式に婚約したいと願っているのだろう。

ネイディーンのために必死でがんばっている姿を見ると、ライオネルを想う心がだんだん強くなっていく。

「僕はこのまま自分の屋敷に帰るけれど、ネイディーンは離宮に戻るんだろう？」

「ええ。また明日から厳しく指導されるわ」

ネイディーンはそう言いながらも、微笑む。教えは厳しくとも、学ぶことは好きだからだ。

「それじゃあ、お妃教育がんばってね」

「ありがとう」

「あとは……いや、なんでもない。気をつけて帰るんだよ」

「ええ」

フレデリックがなにか言いかけていたようだが、ネイディーンは気にすることなく、手を振って広場をあとにした。

離れた場所で待機していた馬車に乗りこみ、若い護衛官とともに離宮へと出発する。

当初、ライオネルは数人ほどの護衛官をつけてくれようとしたのだが、ネイディーンはひとりで十分と断った。人数が多いと、逆に目立つからだ。

「外での活動は、やっぱり充実感があるわね」

ネイディーンは窓の風景を眺めながら、小声で呟く。

王太子妃になってからも慈善活動は続けたいが、やはり立場上、無理があるだろう。

あと何回、下町を訪れることができるかわからないけれど、それまで精いっぱいの活動をしようと決めた。

「ネイディーン公女さま」

王都を出て三十分ほど経ったころ、護衛官が深刻な声で呼んできた。

「なにかしら？」

「馬の蹄の音が聞こえませんか？　我われが乗っている馬車ではなく、やや遠くのほうから……」

民家もなにもない殺風景な野道だ。両目を閉じ、耳を澄ませば、空高く飛んでいる鳥の鳴き声も聞こえてくる。

そんな中、遠方から何頭かの蹄の音も混じっていた。

「ほんとうだわ」

「しかも音が速い」

護衛官の男が自分の横に置いておいた鞘を握る。万が一、強盗団であったときのことを考え、すぐに戦闘態勢に入るためだ。

「おーい、少し速く走ってくれないか？」

護衛官が窓から顔を出し、御者に指示する。

「は、はい」

御者も後方の音に気づいていたのか。慌てた返事をし、速度を上げていく。

「ただの杞憂に終わることを祈りたいのですが」

ささいなことでも見逃さないように訓練を受けているからか、護衛官の目が真剣だ。

「ライオネル……」

どこかの集団が急ぎの用件で、馬を走らせているだけであってほしい。

ネイディーンは拳を握り、自然とライオネルの名前を口にしながら、どうか無事で帰られますようにと祈る。

緊張が走る中、蹄の音がどんどん近づいてきた。

ネイディーンは心の中で「落ちついて」と、自分に言い聞かせる。

「公女さま、背後の集団はまもなくこの馬車の横を通過するでしょう」

「ええ」

どれだけ速度を上げようと、こちらは四輪の馬車だ。直接馬に乗っている集団には勝てない。

「絶対に顔を横に向けず、彼らと目を合わせてはなりません。質(たち)の悪い連中なら、言いがかりをつけて金を強請(ゆす)ってくることもあるでしょうから」

「わかったわ」

ネイディーンは両目を閉じ、蹄の音に集中した。

あと十数秒ほどで、馬車に最接近するだろう。

拳はすでに汗が滲み出ている。

どうかなにごともなく、無事に帰れますようにと、心の中で祈ると同時に、集団が馬車の横を通りすぎるのを感じた。

「ふぅ」

安堵の息を吐いたのも束の間、突然御者が「うわぁっ！」と叫び声を上げ、馬が叫ぶように鳴き、急停止してしまう。

「きゃあ！」

ネイディーンは止まった衝撃に、上半身が揺らぎ、座席から転げ落ちそうになる。

「どうした？　なにがあった？」

護衛官が鞘から剣を抜き、窓から御者のいる前方を覗く。

「わ、わわわぁ……あわわ……」

御者の慌てふためく声が耳に入る。

「止まれ！　止まれ、止まれ！」

先頭の馬に乗った見知らぬ男が、怒鳴りつけるようにして命令してきた。

「公女さま、いま通りすぎた集団が馬車を遮り、御者に剣を突きつけております」

「なんですって？」

やはり杞憂などではない。最初からこの馬車を狙っていたのだ。

「あの連中が金銭目的なら、金目のものをすべて渡して、さっさと追い払いましょう。七、八人はいますから、こちらに勝ち目はありません」

「そうね」

もしネイディーンが剣を所持していたとしても、多勢に無勢だ。ライオネルほどの実力がなければ、敵を倒すのは困難だろう。

「貴様ら、なんの用だっ？」

護衛官が威圧的に問う。ここで相手に弱々しい態度を見せれば、甘く見られるからだろう。

「この馬車に女が乗っているだろう？　その女を渡せ」

「なんだと？」

馬車に乗っている女性は、ネイディーンひとりだけだ。

この集団の目的は金ではなく、ネイディーン自身なのか。

攫った女性を人身売買している犯罪集団だろうか。それともネイディーンが王族と知って誘拐し、身代金を要求するつもりなのか。

「あなたたち、なに者？　わたしをどうする気？」

ネイディーンは窓から顔を出した。彼らは両目以外、黒い布で頭部を覆っており、誰かは判別がつかなかった。

「公女さま、お顔を出しては危のうございます！」

護衛官から注意され、ネイディーンはさっと顔を引っこめる。

「女、お前のことなんざ知らねぇよ！」

「知らないって……？」

ネイディーンを指名したのは彼らのほうだ。それなのに知らないとは、どういう意味なのか。

「オレらは頼まれただけだ。広場で慈善活動を終えた女を攫ってくりゃ、金をくれるってな」

ネイディーンをほしがっているのは、この不審な集団ではなく、別の誰かということか。いったい、誰が、なんの目的のために、ネイディーンを攫おうとしているのだろう。

「そこの従者！　まずお前だ。さっさと出てこい！　でないと、この御者をあの世へ送ってやるぞ！」

従者とは、ネイディーンの護衛官のことだ。

「ひぃっ！　や、や、やめ……！」

男のひとりが御者に剣先を向けてきたのだろう。要求を呑まなければ、まず御者が殺される。

「目的はわたしなのでしょう？　なぜ護衛官が馬車から降りなければいけないの？」

「この馬車のまま、依頼人のいる場所まで行く。御者と従者は歩いて帰ってもらう」

「そんな！」

ここから離宮まで徒歩で帰るとなると、どれだけの距離になるのか。いまから王宮へ向かっても、ほぼ同じ時間はかかる。

「公女さま、これはおそらく時間稼ぎです。私と御者が離宮に戻って、殿下にお報せする間に、彼らは遠くまで逃走できますから」

この時間帯では、荷馬車が通ることも少ないだろう。護衛官たちは蠟燭の火もなく、真っ暗な夜道を歩いていかなくてはならないのだ。

「公女さま、ここは私が死守します。どうか馬車の中でお待ちを」

「ダメよ。あなたが戦っている間に、御者が殺されてしまうわ」

「公女さまを守るためなら、やむを得ません」

護衛官は軍人だから、国王や王族のためなら命を捨てる覚悟でいるのだろうが、戦闘能力がない御者は違う。武術経験のない庶民出身だ。

「いいえ。あなたたちは時間がかかってもいいから、離宮に戻り、殿下にお報せして」

「なりません。連中の言うとおりにしたところで、口封じに私たちを殺す可能性もあるのですよ？　ならばここで戦ったほうが……」

「だったら、なおのこと。無駄死には絶対に許さないわ」

「公女さま……」

ネイディーンには、すでに王太子妃としての覚悟はできているつもりだ。

臣民を守るのは、将来の王妃たる者の務めだ。ふたりを死なすわけにはいかない。

「わたし、あなたたちと行くわ。その代わり、わたしの供は必ず助けて」

ネイディーンは再び窓から顔を出し、声を大きくして交渉する。

男たちの要求に応じるだけであって、屈服したわけではないという姿勢を見せたいからだ。

「いいぜ。オレたちゃ、あんたを連れていきゃあいいんでね」

「口約束だけでは信用できないわ」

「依頼人からは、他の人間は傷つけず、帰すのが条件だと言われている。守らねぇと金がもらえないしよ」

その依頼人というのは、それなりの情を持ちあわせているということか。

「わかったわ。もしあなたたちがこのふたりを襲うようなら、わたしは自ら命を絶つわよ?」

ネイディーンが自死したら、この連中は報酬が貰えないはずだ。自分の命を盾にしてでも、護衛官と御者だけは離宮に帰さなければならない。

「オレたちも金がほしいからな。守るさ」

「交渉成立ね」

ネイディーンさえ大人しく従えば、彼らも護衛官と御者だけは解放してくれるだろう。

「さあ、あなたたちは馬車から降りて」

「しかし公女さまおひとりを残すわけにはまいりません」

「大丈夫よ。それより一秒でも早くライオネル殿下にお報せして」

ネイディーンは口元に手をあて、男たちに聞こえないように、小声で指示を出す。

「公女さま……」

使命を果たせないことが悔しかったのか、護衛官が唇を噛んだ。

必死にネイディーンを守ろうとしてくれることには感謝するが、無駄に命を捨てる必要はない。

「承知いたしました。公女さまの命に従います」

「ありがとう。お願いね」

護衛官らが離宮に戻るころには、ネイディーンは遠くへ連れ去られているだろう。

もしかしたらライオネルとも二度と会うことが叶わないかもしれない。

いまさら後悔しても遅いが、もっとライオネルを見て、理解すればよかった。

「公女さま、必ず助けにまいりますから」

護衛官が最後にそう言い残すと、男たちの指示されるままに馬車を降りていった。

この男たちに依頼した人物が身代金目的の誘拐でない限り、ネイディーンの居場所を特定するのは困難だ。

ここからどこへ行き、向かおうとするのか、誰にもわからないのだから。

「さあ、行くぜ。お嬢ちゃん」

男たちは全員で七人いた。そのうちふたりが他の男たちの馬に同乗していた。ひとりはいまから御者の代わりを務め、もうひとりはネイディーンの監視役として乗りこんできて、向かいあわせに座ろうとしていた。

「出発するぞ！」

御者の代わりを務めている男のかけ声で、手綱を叩く音が鳴り、馬車が走りだす。

これからどこへ連れていかれるのか。

ネイディーンは男たちに弱みを見せてなるものかと、冷静を努めるが、内心は恐怖と不安でいっぱいだ。

ニューエル公爵夫妻である両親、幼なじみのフレデリック、ときどき茶会を開いては楽しんだ友人の公女たち、そして夫になるかもしれなかったライオネルとも、永遠にお別れかもしれない。

第七章　黒幕

慈善活動が終わったあとの帰り道で、不審な集団の男たちに身柄を拘束され、どれだけの時間が経ったことだろう。

途中で降ろされたかと思ったら、すぐに別の馬車に乗せられた。

そこでネイディーンを拘束した男たちは報酬を貰い、どこかへ消えて去っていった。

いま向かい側に同乗し、監視しているのは別の男だ。御者も替わった。

しかもネイディーンはそこで目隠しをされ、どこを走っているかわからなくなったのだ。

次にまた何時間か走ると、どこかで降ろされ、他の馬車に乗せられた。

そのときも御者と監視役の男が交替しているようである。

次つぎと人を入れ替えることで、追手からの追跡をかく乱しようという魂胆なのだろう。

「メシだ」

別の馬車に乗せられると、新しい監視役からパンとワインの入った瓶が渡される。

いつ、なにをされるかわからない状況で、緊張が続き、食欲はない。でも食べなければ力が出ず、逃走する機会があったとき逃げられない。

ネイディーンは目隠しされたまま、黙々と食す。

いつも飲みものは給仕がグラスに注いでくれるから、瓶に直接口をつけて飲むのは初めてだ。戸惑いはしたが、慣れてくると気にならなくなってきた。

食事を終えると、横に凭れる。仮眠をとるためだ。

もちろん揺れているから、なかなか寝つけない。それに向かい側の監視役から襲われたらと考えたら、とても眠れるものではなかった。

だが昨夜、「あんたに傷ひとつでもつけたら、報酬が貰えないんでね。なにもしねぇから、安心しな」と言われ、今夜も眠ることにした。

馬車は夜も走り続ける。揺れと監視されているせいで熟睡はできないが、身体を休めることはできる。

いざというとき、少しでも体力を蓄えておくためだ。

こうして三日にわたり合計五回も乗り降りを繰り返され、ようやく到着した場所は港だった。

もちろん周辺の風景が見えるわけではない。揺れる波の音、潮の匂いから、ここが海だと判断しただけだ。

店からは、仕事を終えた労働者らが酒を飲み、賑わう声が耳に入る。

海のそばに店が建ち並んでいるということは、ここは浜辺ではない。港ということになる。

「さあ、ここが最後だ。目隠しを外してやるから降りろ」

久しぶりに目を開けると、外が暗かったせいか、眩しさはなかった。明かりといえば、酒場から漏れる蠟燭の灯と、空に輝く月と満天の星だけだ。

「あの船に乗るんだ」

最後の監視役を務めた中年男が指した方向には、中型の船が停泊していた。この大きさだと、近隣諸国まで走るのがせいぜいの距離だ。

「わたしをどこへ連れていこうというの？」

「俺の仕事は、嬢ちゃんをあの船まで乗せることなんでな。あとのことは、あの人物に訊いてくれ」

この男も雇われただけで、詳細はまったく知らされていないようだ。

桟橋では、すでに剣を手にしていた別の中年男が待機していた。この中背の男が依頼人なのか。

「ご苦労だった。これは報酬だ」

「どうも」

男は金が入っている布袋を受け取り、懐へ片づけると、「じゃあな。あとはなにも知らねぇからな」と最後にそれだけを言い残し、夜の酒場へと消えていく。

これまでリレー方式でネイディーンを引き渡していった男たちは、多額の報酬と引き換えに、今後は誰になにを聞かれても無関係の振りを通し、口を噤むのだろう。

「あなたがわたしを誘拐するようにと命じた依頼人なの？」

「いいや。オレたちも頼まれただけでね。用が済んだら帰るつもりだ」

この中背男には、南方の訛りがある。おそらくラウィーニア人ではない。

これまでの男たちも、どことなく発音に違いがあった。

この事件の首謀者は、遠国から来た男たちを雇い、用が済み次第国に戻らせるつもりなのだろう。

そして王室から捜査が入ったときには、事件にかかわった男たちは、とっくにどこかへ去っていってしまっているというわけだ。

「こっちに来い。逃げだそうとしたら斬るからな」

「…………」

なにひとつ武器を所持していないネイディーンには、ここから逃げだすことは不可能だ。

「このまままっすぐに進め」

背後から短剣を突きつけられ、船内へと入っていく。

ネイディーンは目を左右へ動かし、耳を澄ませた。

どこからともなく話し声が聞こえる。数人程度の船員はいる。彼らも誰かから雇われているのだろう。

「ここに入れ」

男が戸を開けると、ネイディーンは閉じこめられ、震えるのを我慢するかのように、拳を握った。

「あとで依頼人が来るから、待っていろ」

ネイディーンが入ってすぐ、男は鍵をかけてしまう。

室内は真っ暗で、椅子ひとつない。窓から射す月や星の光があるだけだ。

ネイディーンは夜空を眺めながら、こんな馬鹿なことをしでかした首謀者に怒りが湧く。

「せめて蠟燭の一本くらい置いていってほしいわね」

ふぅっとため息をつくと、すぐにまた鍵を開ける音がし、戸が開いた。

「蠟燭は提供できないよ。君のことだから、脱走するために船内に火でもつけそうだからね」

「えっ？」

いま倉庫に入ってきた男の声や口調に、ネイディーンは聞き覚えがあった。

たとえ蠟燭がなくて暗闇でも、誰かはすぐわかる。

「ひょっとして、フレデリック？」

「そうだよ」

ネイディーンは悪夢でも見ているのだろうかと、突っ立ったまま動けなかった。

この船にフレデリックがいる理由はなんだろう。

もしネイディーンと同じように誘拐されたのであれば、鍵を開けて入れるはずがない。

つまり今回の事件の首謀者はフレデリックということになる。

「なぜ……あなたが……？」

「ごめんね、ネイディーン」

「なにか……なにか事情があるのでしょう？　誰かに脅されたとか？」

「いいや」

フレデリックがはっきりと否定したということは、自分の意思で今回の事件を計画したということだ。

「じゃあ、なぜ？」

「君を人質にして、もう数日ほどしたら、ライオネルも呼ぶから」

「ライオネルを？」

ネイディーンを人質にして、誘きだすということは、フレデリックの真の目的はライオネルなのか。

「まさか……まさかと思うけれど、フレデリック。あなた、王位を狙っているの？　それでわたしを人質にし、ライオネルを王太子の座から引きずり下ろそうとしているの？」

ラウィーニア王国の次期国王は、フレデリックでほぼ確定していた。

それが行方不明だった王太子が帰国したことにより、フレデリックはその座を追われたのだ。

人前では平然としていても、内心は妬みや憎しみが募っていてもおかしくはない。

「ライオネルとは年齢も同じだし、兄弟のような関係だったからね。無事に帰ってきて、とても嬉しかったよ」

ネイディーンもこのふたりが仲よく遊んでいたことは、おぼろげに記憶が残っている。だからライオネルが帰国できたことについては、フレデリックの温和な口調からして、心底喜んでいるのだろう。

「遠い大陸で苦労したことは、人づてに聞いた。だからこそライオネルには幸せになってほしいよ」

「だったら……」

「君がいけないんだよ、ネイディーン」

「わたしが？　どうしてよ？」

なぜここで、自分が悪者にならなくてはならないのかと、ネイディーンの顔が歪む。

「君は言ったよね？　将来国王になる可能性が高い僕の役に立ちたいと」

「ええ、言ったわ」

「なのに君はコロッと心変わりして、いまでは王太子妃となって、ライオネルを助けたいなどと言うのだから呆れたよ」

「それは……その……えっと」

ネイディーン自身心変わりをしたつもりはないのだが、やはりフレデリックからすれば裏切られたように感じたのか。

宰相となり、国王となったフレデリックを助けたいと思ったこと自体は事実だ。彼に対する尊敬もあったし、友情を大切にしたかった。

帰国したライオネルについては、強引ではあったが王太子妃に選ばれたからには、王妃となって、夫の手助けをしたいと考えるようになった。

でも、それだけだっただろうか。もっと他に惹かれる一面があって、ライオネルの妻になってもいいという心の変化があったのではなかろうか。

「とにかく、この倉庫で静かにしていてほしいんだ。ライオネルにはひとりで来るようにと、離宮に手紙を送っておいたから」

「ライオネルは王太子よ。わたしと同じように、港まで来られるとでも思っているの？」

ネイディーンとは違い、密かに複数の兵士がライオネルを守っているはずだ。

「途中、雇った連中と空き家に立ち寄り、ライオネルに似た人物と入れ替えさせる。護衛の兵士には、偽物を守らせる手はずになっている」

「なんですって？」

つまり衛兵たちは偽物のライオネルのあとを追い、本物はフレデリックに雇われた連中が港まで連れてくる。

これでは助けに来てくれる味方は、ライオネルひとりということになる。

「ネイディーン、よく聞いてほしい」

「なにを？」

「君には僕かライオネルのどちらかを選んでほしい」

「どういうこと？」

フレデリックの言葉がなにを意味するのか、ネイディーンはすぐ理解した。だがそれを認めるには怖さもあり、あえて訊き返す。

「僕も君に求婚しているってことだよ」

「フレデリック！」

もしライオネルが現れる前に、フレデリックから告白されていたら、どう返事をしていただろう。

受けていただろうか。いや、異性として意識をしたことはなかったからわからない。

「わたしはライオネルと結婚することになったのよ？　あなたを選ぶなんてできないわ」

「簡単なことだよ。ライオネルには、ラウィーニア王国から消えてもらえばいいのだから」

「消えるって……なにを言っているの？　まさか？」

フレデリックはライオネルを暗殺する考えなのか。

いくら王族といえど、自分より上位の継承者を殺害しようものなら、大罪人として処刑される。

「まだ時間はある。ライオネルが現れるまで、ゆっくり考えておいて」

「フレデリック、待って！」

ネイディーンが止めるのも聞かず、フレデリックは出ていき、また外から鍵をかけてしまった。

「フレデリック、あなた、なにを考えているの？」

いったい、なにがどうなってしまったのか。ネイディーンはひとり暗い一室の中で、頭が混乱してくる。

「まずは落ちつかないと」

ネイディーンは大きく深呼吸し、乱れた気持ちを静めた。

「ふぅ」

とりあえず、これまでの経緯を整理してみよう。

フレデリック自身はライオネルの帰還については歓迎していたから、王位がほしいわけではない。

そのあとライオネルがネイディーンを妃にと望んだことから、フレデリックは今回の事件を起こした。

いつからかは不明だが、フレデリックはずっとネイディーンを友人ではなく、異性として想っていてくれていたのだ。

「わたし、なんて鈍かったのかしら？」

いまさらながらに照れてしまい、急速に全身が火照る。

「ライオネルに嫉妬するほど、わたしのことが好きだったの？」

長年、フレデリックは異性として意識してくれていたのに、ネイディーンはラウィーニア王国初の女性宰相を目指していたから、恋愛には疎かった。

そもそもこの狐目のせいで、異性から好意を寄せられたことなどなかったのだ。

「わたし、フレデリックを選べないわ」

ネイディーンの心は、ライオネルに傾いている。もしフレデリックのことを振ったら、ライオネルの命が危ないかもしれない。

「フレデリックをなんとか説得しないと……」

次にフレデリックが姿を現したら、こんな馬鹿なことはやめるように説き伏せなければいけない。

ところが翌日以降、一日二度、中背の男がパンとワインを運んでくるだけで、フレデリックが姿を見せることはなかった。

誘拐されて七日目の夜を迎えようとしていた。

窓の外は同じ風景で変わりない。

陽が昇ると、海の男たちが大型船に荷物を乗せ、他の国や大陸へ向かおうとする人たちが乗船し、賑わいを見せている。

夜になれば、仕事を終えた男たちが酒場で疲れを癒やす。

ネイディーンは閉じこめられたままで、食事を運んでくる船員に「あなたの依頼人に会わせて」と、頼んでみたのだが、屋敷に帰ってしまったという。

「きっとアリバイ作りだわ」

ネイディーンが誘拐されたというのに、何日も屋敷を留守にしていたら、フレデリックを疑う者も出てくるだろう。

一度帰り、家令から「ネイディーン公女が不審な集団に攫われました」との報告を聞き、驚いた振りをして「ネイディーンを捜す。しばらく留守にする」とでも告げ、また港に戻ってくる算段なのだ。

「フレデリックなら、そうするわね」

子どものころからのつきあいだ。この程度のことなら簡単に予想がつく。

「だとすると、そろそろ船に戻ってくるころ……えっ？」

すでに夕食の時間を終え、あとは寝るだけだというのに、戸の鍵を開ける音が鳴った。

「ほんとうに、ここにネイディーンがいるんだな?」

ライオネルの声だ。薄暗くて人が少ないからか、静かな分はっきりと聞こえる。

「入ってみりゃ、わかるだろ?」

中背の男に促された人物が入ってきた。

「ネイディーン?」

「ライオネル?」

互いの名前を確認しあうと同時に、また戸が閉まり、鍵をかけられる。

明かりは外から入る月と星の光だけだが、十分だ。

「よかった、無事だったんだな」

「ライオネル、あの……!」

なにを話せばいいのか。ネイディーンは迷う。

まずは襲われたときのことから説明したほうがいいのだが、声が出ない。

両目が熱くじわじわとし、頬に涙が零れ落ちる。

七日間もひとり一室にいて、ようやく知っている人が来て、しかもそれが夫となるライオネルなのだから、一気に緊張感が解(ほぐ)れてしまったのだ。

「ネイディーン、大丈夫か? 酷いことされなかったか?」

暗闇の中から、そっと伸びてきた手が、ネイディーンを優しく抱きしめてくれる。

「いけません」

ネイディーンはとっさにライオネルから離れた。

「なんで？」

「わたし、ずっと閉じこめられていて、入浴や着替えをしていませんので……」

汚れている身体に触れられたら、ライオネルの鼻に臭いが漂っていく。

夫となる人に、不潔な自分を抱きしめられたら、恥ずかしい。

「気にするな。俺なんか軍事作戦中、数か月も身体を洗えなかったことがあったぞ」

ライオネルがもう一度、ネイディーンの背中に両腕を回した。

「ダメです、わたし……」

「ネイディーンからはいい匂いしかしない」

薄汚れているというのに、かまうことなく抱擁される。

頼りがいのある胸もとが温かく、癒やされ、涙が止まらなくなる。

人の温もり（ぬくもり）とは、こんなにも安心感があるものだったのか。

「うぅ、うっ……なんでも……」

話さなければいけないことが山とあるのに、いまはただ泣きたかった。

「気の済むまで泣けばいい。怖かったんだろう」

「ライ……オネル……」

自分はこんなにも弱い人間だったのだろうかと、ネイディーン自身が驚く。

ずっと勉強や剣術もがんばっていたのに、こんなに脆い性格では、政治家になるのは無理だったかもしれない。

「わたしったら王太子妃となる身で、泣いてはいけないですね」

「ネイディーンはまだ十八歳だ。公爵家の娘として育って、平穏に生きてきたというのに、いきなり倉庫に閉じこめられたんだ。不安だったんだろ?」

「ライオネル……うぅ、わ、わぁぁん!」

ネイディーンはライオネルの胸に顔を埋め、恐怖から逃れるかのように泣き叫んだ。

話をしなければいけないのに、いまは泣き続けたい。そうでなければ、冷静になれそうにないからだ。

「俺は泣いているネイディーンも可愛いと思うぞ」

「う、うぅ……それは、ちょっとひどいです……う、う、ひくっ」

たとえ親の葬儀であっても、子どもではない王族が泣いている姿など、みっともないものだ。

「とにかく無事でよかった。実家に帰ってしまったのかと、心配したんだぞ。翌朝になって護衛官と御者が徒歩で戻ってきて、経緯を聞いた。すぐに父上に連絡して、捜査していたところへ、手紙が一通届いたんだ。指定された場所まで、ひとりで来るようにとな」

「それで？」

「馬に乗って、その場所まで着いたら、複数の男がいた。そこで馬車に乗せられ、途中でどこかの空き家に立ち寄ったんだ。俺と背格好のよく似た男がいて、衣服を交換しろと言われた。着替え終わったら、男は俺が乗せられた馬車で、仲間とどこかに行ってしまった」

フレデリックはライオネルとよく似た男を身代わりにさせると言っていた。

「隠れて護衛していた兵士は、偽者の俺を追いかけていったよ。俺は残っていた男の仲間に、裏口に用意されていた別の馬車に乗せられた。そのあと何回も乗っている馬車を替えさせられ、見張りの男や御者も替わった」

ライオネルがここまで辿りついた経緯は、フレデリックの作戦と一致する。

「あっ！」

「どうか……ひくっ、どうかされたのですか？」

「船が港から離れていく……」

「えっ？　あ……」

泣くのに夢中で気づかなかった。窓の外に目を向けると、確かに港から少しずつ距離が遠くなっていっている。

「いくら風向きがちょうどいいからって、こんな夜に出航かよ？」

「いったい、どこへ……？」

「陸から離れてしまったら、王宮や離宮に連絡どころか、手紙ひとつ送れないじゃないか」

ライオネルの拘束にも成功したから、フレデリックが出航命令を出したのだ。

「ネイディーン、ちょっとは落ちついたようだな」

「はい、もう大丈夫です」

ネイディーンはハンカチを取りだし、涙を拭った。

「お前、どうして見ず知らずの集団に襲われ、この船に乗せられたか、犯人から聞いているか？　しかも俺まで呼びだされた理由もだ」

「はい」

「わかっていることだけでも話してくれ」

「あ……」

ネイディーンは降って湧いたように、昔の記憶が蘇ってきた。

あれはまだ幼かったころ、年齢の近い王族の公子や公女らが王宮に招かれ、みんなでいっしょに遊んでいた。

ライオネルとフレデリックも、ふたりで楽しそうに遊んでいた姿が思いだされる。

兄弟のような関係だったのに、ここでネイディーンは残酷なことを告げなければならない。

「どうした？」

「ライオネル、これからお話しすることは信じられないかもしれないですが……」

「ん？　ああ」

ネイディーンが頬を引きしめ、決意するかのように唇を噛んだからだろうか。外から入る月の光で、ライオネルもまた真剣な顔つきになっていくのがわかる。

「今回の事件の首謀者はフレデリックだったのです」

「フレデリックか」

あら？　と、ネイディーンは拍子抜けした。

ライオネルが首謀者の名前を聞いた途端、もっと驚くかと思ったのに、いたって冷静に見える。

「ひょっとして、冗談かと思っておられますの？」

「いいや。ともに慈善活動をしていた友人を事件の黒幕などと、冗談でも言わないだろう？」

ネイディーンを信用している」

「…………」

ライオネルから真顔で言われ、ネイディーンは頬が緩んだ。

最悪の状況に陥っているというのに、胸の鼓動が嬉しさのあまり躍っている。

閉じこめられていても、ふたりきりの世界に浸れるというのは、幸福感があるものだと知る。

「しかし、そうか。フレデリックにしてみたらおもしろくないよな」

「ライオネル？」

「父上の跡を継ぐのに相応しい人間になるべく、人格、知識、教養を身につけ、誰よりも努力してきたのだろうな。俺はというと、礼儀もなにもないようなところで生きてきて、次期国王どころか、王族として品性が欠けているのはどうなのかと、重臣たちから疑問を投げかけられてばっかりいるからな」

「それは……」

ネイディーンも、こんな野性王子の妻になるなどあり得ないと、何度もライオネル自身を否定し続けた。

好きで誘拐され、遠くの大陸まで連れ去られたわけではない。ただ生きていくことに必死で、帰国するために軍隊に入り、危険な任務もこなしてきたのだ。

誰がその生き方を非難できよう。

「フレデリックはライオネルが生きて帰国して、ほんとうに喜んでいました。決して王位がほしかったわけではありません」

「じゃあ、なにがほしかったんだ？」

「えっと、あの……」

フレデリックがほしかったのはネイディーンなどと、口にできるわけがない。

「ま、言いたくないなら、いいさ。もしこの船にフレデリックが乗っていれば、あとであいつから話してくれるだろう」

「そうしていただけると助かります」

実際いまでもフレデリックが乗っているかどうかは不明だ。

もし屋敷に帰ってしまったら、船員は雇われているだけだから、指示された場所にネイディーンたちを連れていくのだろう。

この船がどこに向かおうとしているのか、不安が過る。


一昨日の晩に出航して、三日目の朝を迎えた。誘拐されて十日目。

相変わらずフレデリックは姿を現さない。船員が食事を運んでくるだけだ。

「あのときと状況が似ているな」

ライオネルがパンを千切りながら、辛そうに窓から海を眺めていた。

「あのときって、いつの……あっ」

きっと少年時代、なに者かに攫われたときのことを指しているのだ。

「王宮に忍びこんだ連中に誘拐され、途中で何度も待機していた男たちに引き渡され、港から大型船の船倉に乗せられた。解放されたときには、遥か遠くの大陸だった」

「当時と手口がそっくりではありませんか！」

「そうだ。ちょっと気になった」

少年だったフレデリックが、十三年前の王太子誘拐事件にも関与していたというのはあり得ないはずだ。

「今度はふたりで、別の大陸へ連れていかれるのでしょうか？」

「たぶんな。大型船ではないから、さほど遠い国ではないと思うが」

「わたし、銅貨一枚持っていませんし、金目になる装飾品なども身につけておりません」

「俺もだ。乗船前に身体検査されて、念のために所持していた金銭は、すべて没収された」

近隣諸国であっても、金がなければ帰国できない。それどころかパンひとつ買えない。

「ただ……」

「なんだ？」

「いえ、なんでもありません」

フレデリックはライオネルを海に放りだし、鮫の餌にするのではないかと、おそろしいことを想像してしまった。

「もしフレデリックが乗船していたら、お前だけでも帰すように頼んでやるから。俺ひとりが邪魔なわけだろう？」

「いいえ。ライオネルをひとりにするわけには参りません。わたし、どこまでもお供いたします！」

「頼もしいな。しかし金がないわけだし、遠国に連れていかれたら最後、帰郷するのは大変だぞ。まずは食べていかないといけないし、そのためには働かなければならん。公爵家で十八年間不自由なく育ったお前にできるのか？」

「働く……？」

これまでネイディーンは働いたことがない。慈善活動は自分に与えられた財産から使用していたし、仕事をして金を稼いだ経験は一度もない。

「人を使っていたお前が、今度は人から使われる立場になるんだ。主人や雇い主の理不尽な命令にも従って、仕事しないといけない。朝から晩まで身体を動かし続けるんだ」

ネイディーンは一日中動き続けたことなどあっただろうか。剣術の稽古をするにしても、疲れたら必ず休憩を挟んでいたくらいだ。

「できない……かも？」

「だろう？」

これまで下町でシチューを作り、配給をしていただけで、すっかり民の気持ちがわかっているつもりになっていた。

ネイディーンには、働いて金を得るという意味すら理解していなかったのだ。

「わたし、世間知らずのお姫さまだったの？」

「そうだよ」

あまりに不勉強すぎて、ライオネルのひと言が胸に突き刺さる。

「ライオネルにしても、世間知らずの王子さまだったではありませんか。でも庶民として生きてきたのでしょう？」

「俺は子どもだったからか、新しい生活にも割と早く順応していったんだ。十八年間、お姫さまをしていたネイディーンに、庶民の暮らしはきつすぎる。フレデリックを説得するから、お前だけは帰るんだ」

「いや……です」

ネイディーンの意思を無視して、自分の妃に指名しておきながら、ライオネルは勝手すぎる。

「わたしには宰相になるという夢があったのに、ライオネルが王太子妃にと望んだのではありませんか。わたしに夢を諦めさせておいて、今度は放りだそうというおつもりですか？」

「いや、だからお前のことを考えてだな」

「心配ご無用です。世間知らずというのであれば、これから勉強していけばよいのです。わたしはどこまでもライオネルについていきます！」

ライオネルは立派な国王になれる人なのだ。そんな人を夫に持つことは誇りだ。どんな苦労が待っていようと、ライオネルとなら生きていける。

「ネイディーン、ありがとう。素直に嬉しい」

ライオネルがネイディーンの頬に手をあて、そっと顔を近づけてきた。

キスをされるのだろうと、胸は騒ぎながらも、両目は静かに下ろす。

「あ……」

ライオネルの唇が触れようとしたとき、カチッと鍵を開ける音が聞こえてくる。

朝食は終えているから、船員が入ってくるということはないはずだ。

他にネイディーンたちに用事があるとすれば、たったひとりだけである。

「フレデリック？」

「やあ、ネイディーン。それにライオネルもよく来てくれたね。挨拶が遅くなって悪かったよ」

涼しげな表情をしたフレデリックが現れる。

事件の首謀者が姿を見せたことで、先ほどの甘い空気から、緊張感が漂い始めてきた。

しかも手には剣を持っており、まさかここでライオネルを殺めつるもりでいるのか。

「フレデリック、お前に話がある」

「僕もだよ」

「お前、俺が邪魔だったのか？　王位がほしかったのか？」

ライオネルから思ってもみなかったことを問われたからか、フレデリックの目がきょとんとしている。

「まさか。僕は父とは違う。君が無事に帰国したときは、心の底から喜んでいたよ」

「叔父上がなんだって？」

ライオネルの両目が険しくなっていく。ネイディーンもだ。

この言い方だと、数年前に逝去した王弟で、フレデリックとアメリアの父親でもある先代クラレンス公爵が王位を狙っていたと解釈できるではないか。

「十三年前、流れ者の連中を金で雇い、王太子である君を誘拐させたのは、僕の亡くなった父だよ」

「…………！」

フレデリックの告白に、ネイディーンは聞き違いだろうかと、耳を疑った。ライオネルも同様だろう。

亡き王弟が王太子誘拐事件の真犯人だったとは、誰も考えたことすらなかった。野心家であったなら疑っただろうが、実際はまったく反対の人柄だからだ。

「叔父上が……俺を……邪魔だったと？」

ライオネルの声が震えている。自分を誘拐した真犯人が実の叔父ということに、ショックを隠せないでいるのだ。

「そうだよ。父が亡くなる直前、僕だけに真相を話してくれた。最後に『ライオネルは追い払った。私はもう逝くが、王位はお前に受け継がれる。立派な君主になるんだぞ』と、言い残してね」

他の王侯貴族がこの場にいたら、誰しも信じられないことを聞いたと、茫然とするはずだ。両親や周囲から聞いた話では、王弟は若いころから病弱な兄王を助け、文武両道で臣下からの信頼も厚く、人から慕われるタイプであったという。

ネイディーンもフレデリックとアメリアの兄妹と親しかったから、王弟とは面識があった。頑強な体格に、子どもたちには優しい笑顔を向ける父親で、使用人にも温情ある態度で接し、信頼されていたほどだ。

ネイディーンの記憶にある王弟は、決して大罪を犯すような人ではなかった。

「王弟殿下は誰からも『素晴らしいお方』と称賛され、ライオネルが生まれる前までは、『国王陛下の跡を継ぐに相応しいお方』と誰もが評していたと聞いているわ。それなのに、なぜそれほどのお方が……」

ライオネルが誘拐された当時、下働きに扮した犯人がたやすく侵入し、かつ山の脱出ルートも知っていたことから、内部に協力者がいたのではないかとの憶測が流れていた。

まさか王弟が黒幕だったとは、誰も想像していなかっただろう。

「父がそれほどまでの人物だったからだよ」

「どういうこと？」

「伯父上は子どものころから病気がちで、成人するのでさえ危ぶまれていた。誰もが将来的には、僕の父が国王になると信じていた。父はそのための努力を惜しまなかった。国や臣民に尽くそうという気持ちが強く、心底尊敬できる方だった」

実の息子からも信望されていた王弟なのに、なぜ甥を誘拐するなどと馬鹿なことをしたのか。

しかもライオネルからすれば、実の叔父が真犯人だったのだ。顔が青ざめ、唇が震えている。真実を知り、衝撃が強かったのだろう。

ネイディーンでさえ信じられないような話なのだから。

「十歳上の身体の弱い兄王はなかなか子どもに恵まれなかった。やがて自分の妻、つまり僕の母が先に身籠もった。これで王統が自分の血筋で続いていくと信じた矢先、王妃が懐妊された。それでも生まれた王太子が父親と同じく、病弱な子どもだったらよかったのだろうけれどね」

もしライオネルが弱い子どもだったら、長くは生きられなかったかもしれない。そうなったら、やがて王位は王弟の血筋にいく可能性が高かっただろう。

だがライオネルは健康な子どもだった。ネイディーン自身は幼少だったから記憶が曖昧だが、当時から活発で、積極的な子どもだった印象が残っている。

「このままでは自分が王位に就く可能性は極めて低くなると判断した父は、子どもひとりでは帰国できないような遠方の大陸に、ライオネルを放りだしたというわけさ」

「なぜ叔父上は俺を殺さなかった？　俺が死んだら、第一王位継承者は再び叔父上になっていたはずだ」

「父は国王として相応しい人物との評価が高かっただけに、実の甥を暗殺するなど自尊心が許さなかったんだろうね」

わずか十二歳の王太子を誘拐し、遠い大陸に置き去りにしたのだから、罪の重さは変わらないはずだ。

もっとも王弟が変なところで自尊心にこだわる性格だったからこそ、ライオネルは生きていられた。

「叔父上は俺にも優しく、頼りがいのある肉親だった」

「完璧な人間なんていないさ。自分が王位を継承するものとばかり思っていた父は、国王に相応しい人物になろうと努力し続けた。けれどライオネルの誕生で、すべてが水泡に帰した。生きる目標を失い、どこかで心が壊れていったんだよ」

王弟が心の病にかかっていたとは、誰も気づいていなかったはずだ。ネイディーンも知らなかった。ときどき顔を合わせたことはあったが、そんな素振りは一切見せなかったからだ。

「でも人間の寿命って、わからないものだよね。病弱な伯父上より、健康だった父上が早く亡くなった」

王弟は風邪と思ったら、肺炎と診断され、そのまま逝去した。王族全員が葬儀に参列したから、あのときのことはよく憶えている。

「十三年前の事件の黒幕が叔父上だというのはわかった。もう済んだことをとやかく言っても仕方がない。それよりお前は、俺たちをどうしたいんだ、フレデリック?」

ライオネルからの問いに、フレデリックは剣先をネイディーンたちに向けたまま、この上もない笑みを返してきた。

「この続きはデッキで話そうか」

フレデリックが顔を扉に向ける。出ろ、という意味だ。

こちらに武器がない以上、従うしかない。

ネイディーンはライオネルとともに部屋を出て、デッキへと上がっていく。

久々の外のせいか、陽射しが目に入り、明るすぎるくらいだ。

「眩しいわ」

波の音がざわめき、潮の匂いが鼻腔(びくう)を通り、湿気混じりの風が頬を切る。空はカモメが羽を広げて舞っていた。

周囲は見渡す限りの青い海だが、遠方に小さな島が目に入る。

「君に手紙を書いてほしいんだ、ライオネル」

「手紙?」

近くに控えていた船員がライオネルに紙とペン、机代わりのボードを手渡した。インクの入った瓶の蓋を開けると、そのまま船室へと下がっていった。

「国王宛てに『私は偽物の王太子です。同じ一兵卒の同僚だったライオネル殿下からすべての事情を聞き、詳細を知っていた次第です。本物は戦死しており、亡くなる直前、誘拐時に身につけていた衣服をラウィーニア国王に渡してと頼まれ、この国に参りました。そこで彼に成り代わる計画を立てましたが、私には王族としての素養を身につけるのは難しく、今回の騒動を起こし、逃亡することにいたしました。偽物のライオネルより』とね」

「そんな手紙を書いたら、誰だって信じてしまうわ！」

こう言ってはなんだが、「粗野な王太子が偽物であったほうが好都合」と考える重臣もひとり、ふたりではないはずだ。

「いやだと言っても、言うとおりにするしかないんだろうな」

「ライオネル、なりません！」

「俺がいなくなることで、解決できるならいい。父上やネイディーンと再会できたんだ。もう十分だ」

ライオネルは自分の存在がなかったことになれば、元のラウィーニア王室に戻るだけなのだと思っているのではないだろうか。

「あなた自身が偽物だと手紙を書いたら、弱っていらっしゃる陛下がどれほどショックを受けられるか。わたしだって同じだわ」

ただでさえ病弱な国王が、愛息だと確信した人物がまたもや偽物だと知ったら、どれほどの衝撃を受けることだろう。今度こそ意識不明の重体にまで陥るかもしれない。

「父上は、健康だった叔父上より長生きされているんだ。実際はそんな弱い方ではない」

ネイディーンが止めるのも聞かず、ライオネルは手紙を書いてしまった。

「これでいいか？」

ライオネルがボードごと手紙をフレデリックに差しだした。

「ありがとう。完璧だよ」

ネイディーンは、手紙の内容を確認しているフレデリックを睨んだ。

もし首謀者が判明したら、フレデリック自身が重罪に問われるというのに、あとのことをなにも考えていないのか。

「ところで、あの島はなんだ？」

「無人島だよ。このあたりは航路になっていないから、知らない船乗りもいるんじゃないかな？」

航路にすらなっていない海域に入り、どうしようというのか。

「フレデリック、あなたはわたしたちをどうするつもりなの？」

「決まっている。ネイディーンの命を助けたかったら、ライオネルには海に飛んでもらうさ」

「なんですっ……うっ！」

フレデリックが手にしている剣の先が、ネイディーンの喉の直前で止まる。

「フレデリック、やめろ！」

「僕はね。ずっとネイディーンのそばにいて、彼女を幸せにしたいと思っていた。なのに突然君が帰国して、あっという間にかっ攫っていった。こんなの許せる？」

「お前、ネイディーンに惚(ほ)れていたのか？　だから叔父上とは別の意味で、俺を放りだしたいのか？」

もしフレデリックの隠れた恋心を知っていたら、他に方法があったのではないかと、ライオネルが辛そうな目をしていた。

「ネイディーンの命が大事なら飛んだ、ライオネル。あの無人島まで泳いでいけば、助かるかもしれないよ？」

船からだと、そこまで遠い距離には見えない。だが実際に泳ぐとなると、時間がかかるはずだ。

しかも、ここはまだ底が深いし、波も強い。

「フレデリック、卑怯だわ！」

「僕は父ほど甘くはなくてね。ライオネルを遠い大陸に置き去りにしたところで、働いて金を貯めれば、必ずラウィーニア王国に帰ろうとするだろう？　でも無人島なら、帰りようがないよね」

航路になっていない無人島で、誰も助けが来ない場所で、今度こそライオネルはひとりになってしまう。

「だったら、ここで俺を殺せばいいだろう？　そうすれば王位やネイディーンはお前のものだ」

「それも考えたよ。でも君がひとり寂しくネイディーンを想いながら、無人島で暮らすことを思い描いてみたら、そっちのほうが残酷だよね？」

なんと心がねじ曲がっているのだろうと、ネイディーンは血の気が引いた。

亡き王弟が心を病んでいたように、フレデリックもまた父親と同じ道を辿っている。

もう誰がなにを言っても、どう説得してもフレデリックを止めることはできないのだ。

「よく航路になっていない島を見つけられたな」

「父の書斎にあった海図に、ペンで『無人島』とつけたしてあってね。どうするつもりだったのかは知らないけれど」

ネイディーンはその意味を解釈し、背筋が寒くなった。当初、王弟はライオネルを無人島に置き去りにしようとしたのではないだろうか。

それではさすがに良心が痛み、遠方の大陸に変更したのではないのか。

「ネイディーンを助けてくれるなら、俺はお前の望むとおりにしよう、フレデリック」

ライオネルはかつて仲のよかった従兄弟を信じるかのような顔をし、身体の向きを変えた。

のだ。

「ライオネル、ダメ！」

ネイディーンの声など聞こえていないかのように、ライオネルが颯爽と海に飛びこむ。

「ライオネル！」

ネイディーンの叫びと同時に、強く水が鳴る音がした。ライオネルの身体が海にあたったのだ。

「あ、あ……ライオネル……！」

ネイディーンはいてもたってもいられず、自分に剣先が向けられているのも無視し、船の下を覗きこむ。

「ライオネル……どこ？」

漁師に拾われ、ともに生活をしていたというのであれば、溺れることはないはずだが、海の底は深い。鮫でもいたら、襲われる可能性もある。

「あ……？」

ネイディーンが海面を凝視し続けると、やがて頭が浮き上がってくるのが見えた。

「ライオネル！」

「ふぅっ」

海水に濡れ、乱れた髪のライオネルが呼吸を整え、心配するネイディーンと目を合わせる。

「俺はこれから無人島まで泳いでいく。フレデリック、約束を守れよ！」

「ライオネル、待って！」

ライオネルの身体が横になり、両腕を回し、足を動かし、船から遠ざかろうとしていく。ほんとうに無人島まで泳いでいくつもりなのか。

「ネイディーン、もうライオネルはいなくなる。君も彼のことを忘れるんだ」

「なに勝手なことを言っているの？　ライオネルはわたしの夫となる方なのよ？　忘れられるわけがないでしょう？」

ネイディーンはライオネルについていくと決めた。仮にこのまま永遠の別れになることがあったとしても、他の誰とも結婚などしない。

「お願い、フレデリック。救助船を出して！　あなたたちは従兄弟同士じゃない。ライオネルを助けて！」

「君が僕と結婚するというのであれば、救助船を出すよ」

「あなたとは結婚しないわ。わたしの夫となる人は、ラウィーニア王国王太子ライオネル殿下だけよ」

本来であれば、フレデリックに助けを請い、条件を呑むべきなのだろうが、それは絶対にできない。

自分の心を偽り、意に染まぬ結婚をするのであれば、きっとネイディーンは自分を許せなくなる。

「君は僕を拒むことを選ぶんだね？」

「あなたはわたしにとって、大切な友人だわ。お願い、あなたの従兄弟を助けて」

「僕を受け入れてくれないんだ？　少しも考える余地もないんだね？」

「なにを言っているの？　早くライオネルを助けて！」

さっきから会話がまったく嚙みあわない。

フレデリックにとって、もうライオネルはいない人間になっているのではないだろうか。

ネイディーンにはそう映る。

「君は僕のことなどいらないんだ？」

「大切な友人だと言っているでしょう？　フレデリック。ちゃんと……えっ？」

フレデリックが剣を鞘に収め、ネイディーンの前でやや屈みこんできた。そして、いきなり抱きかかえられる。

「フレデリック？　なにをするの？　下ろして！」

ネイディーンを幼子のように抱っこして、どうしようというのか。フレデリックの考えていることが全然読めない。

「僕を必要としない君はいらない。さようなら、ネイディーン」

「フレデリック？　さようならって、いったい……えっ、あっ？」

わずか一秒程度のことだった。

フレデリックの両腕が海に向けて大きく腕を振ったとき、ネイディーンの身体は一瞬、宙に浮いた。

そして、即時に落下した。

「フレ……きゃあぁっ！」

海の町で少年時代を過ごしたライオネルと違い、ネイディーンは王都の屋敷で育った。足が地につかないような深い海に落とされたら、命はない。

「あぁぁぁ……！」

「ネイディーン！」

身体が海に叩きつけられたとき、ライオネルが呼ぶ声が聞こえた気がした。

ネイディーンの叫び声が、ライオネルのところまで届いたのかもしれない。

「うっ」

ごぼっと口の中に海水が圧しこみ、息ができず苦しい。

どんどんと深く沈んでいき、これで自分の一生が終わったのだと悟った。

人間というのは死を目前として、初めて自分の気持ちを知るのかもしれない。

頭に浮かぶのはライオネルの姿だった。

強引だが、一途に想ってくれて、自らの危険も顧みず助けに来てくれた人だ。ネイディーンも彼の愛に応えたいと、心の底から望んだ。

息が絶える前に、告白しておけばよかったと後悔しても遅いのだ。

「…………」

やがて意識が薄れていく中で、ライオネルの顔が映った気がしたが、その後の記憶は一切ない。

目が覚めたときには、見知らぬ小屋の二段ベッドで横になっていた。

第八章　無人島で官能を堪能

ニューエル公爵領内にある森には、澄んだ川の水が流れていた。

手に触れることはあっても、村の子どもたちのように泳ぐことはなかった。

だから生まれて初めて海に放りこまれたネイディーンにとって、泳げないことは致命的でもある。

助けてと叫びたいのに、声が出ず、必死に這(は)い上がろうと両腕両足を動かすが、身体はどんどん沈んでいく。

心の中で「ライオネル……」と名を呼び、あとは息が苦しかったことしか憶えていない。

「わたし……生きているの？」

とても長く眠っていたような気がする。

目が覚めたときには、真上が天井になっていた。正確には、二段ベッドの下段に寝かされていた。

室内には同じベッドが四台あり、合計八人が休めるようになっているのだが、誰もいない。

「ここ、どこ？」

天国ではなさそうだが、離宮やニューエル公爵家とも違う。

とりあえず起き上がると、なにも身につけていない自分に驚く。

「わたし、裸じゃない！」

いったい誰が脱がせたのだろう。

「でも脱がせてくれた人が、わたしを助けてくれたのよね？」

その人を捜して、礼を言わなくてはと、ネイディーンはベッドから降り、シーツで身体を覆って、戸を開けた。

隣の部屋は厨房兼ダイニングでテーブル、ベッドと同じく八脚の椅子、棚には食器もあったが、人はいない。

「あら？」

テーブルに置いてあるカップに、いくつか真珠が入っている。形が悪いものもあれば、売れば高値がつくほどよいものまでさまざまだ。

「わたしを助けてくれた人が、真珠を集めているのかしら？」

厨房の横にある戸を開けると、外は森林に囲まれていた。

耳を澄まさなくても、小鳥の鳴き声や波の音が聞こえてくる。この小屋は浜辺に近いのだろう。

「フレデリックの言っていた無人島にしては変よね？」

誰もいない島に小屋が建っているわけがない。ここには人が住んでいるはずだ。

もし人間がいるのであれば、船を出してもらえるかもしれない。

「わたしの服が干してあるわ」

二本の木に細いロープを結び、衣類が干してある。ネイディーンが着ていたものだ。触れてみると乾いていたので、すぐに着ることにした。

「よかった。さすがにシーツを巻いているのは抵抗があるもの」

この衣類も、きっとネイディーンを助けてくれた人が干してくれたのだろう。

「ライオネルはどうしたのかしら？」

ドレスを着ると、真正面から誰かが歩いてくるのが目に入る。両手にバケツを持っている男性の姿だった。

「ネイディーン！　目が覚めたのか？」

海に落とされたネイディーンを助け、この小屋まで運んできてくれたのは、ライオネルだったのか。

あの遠距離で、自分ひとりで浜辺まで到達するだけでも相当な体力を要したはずだ。それにもかかわらずネイディーンを抱えて、ここまで泳いできてくれたとは、どれほど大変だったことだろう。

「ライオネル！」

ネイディーンは喜びのあまり急ぎ足になり、あまりの嬉しさに、元気な姿のライオネルに飛びつこうとする。

「わっ。ネイディーン、ちょっと待った。バケツの中のモンが落ちる」

「えっ？」

右のバケツの中には魚が泳いでおり、左には貝や海藻が入っている。

ライオネルの髪も濡れている。いままで海に潜っていたということだ。

「これ、ライオネルが獲ってきたのですか？」

「ああ。小屋には、漁に必要な道具もあったから、ちょっと借りた。網や銛(もり)は持って帰るのが面倒だから、浜辺近くに置いてきた」

「じゃあ、カップに入っていた真珠も、ライオネルが獲ってきた貝に入っていたのですか？」

「そうだ。この海で獲れた貝なんだが、けっこう真珠が入っているんだ」

「そんなに？」

不思議なこともあるものだ。大量に獲ったところで、真珠が入っている貝など三割もないと聞く。しかも形が崩れているのも多く、実際に売りものになるものはごくわずかだ。

「とにかくラウィーニア王国に戻るとき、資金が必要になるからな。いくらで売れるかわからんが、なるべく真珠貝を獲ってくるつもりだ」

もし集めた真珠で帰国費用を用意できれば、思ったより早く帰国できるかもしれない。

「カップには色や形が悪いものも入っていましたが、価値があるのですか？」

「形が悪いものは、薬になるからな。売れるぞ」

「それは存じませんでした」

真珠が薬になるとは意外だ。自然の産物なのだから、身体によいのだろう。

「厨房に置いてあった壺の中に、粗塩が入っていたんだ。それで真珠を洗い、汚れを落としておいた」

「塩が？」

小屋が建っていて、塩も置いてあったということは、ここは無人島ではないのか。

「では、この島には人がいるということですわね？」

「昨日、上陸してから人ひとり会っていない。たぶん無人島だ」

人がいないというのは変ではないだろうか。

「ならば、誰があの小屋を建てたというのですか？」

「わからんが、助かったのは間違いない。食器だけでなく調理器具や鍋、マッチもあるし、近くの岩肌からは湧き水が流れている。食料さえ手に入れば、食事もできる。といっても、野草と魚介類くらいしかないがな」

誰がなんのために小屋を建てていったのかは不明だが、もしこの島に出入りしている者がいるのだとしたら、救助を求めることができる。

「とりあえず食事の支度をするからさ。といっても魚を焼くか、野草入りスープくらいしかできないけれどな。お前はもう少し休んでいていいぞ」

「いいえ、わたしも手伝います」

王太子であるライオネルに料理をさせて、ネイディーンが休んでいるわけにはいかない。

「いいから休め。ずっと眠りっぱなしだったんだ。腹も減っているだろう？」

「はい、まあ……」

実はさっきから腹部からぐうっと鳴る音がしている。生まれてから食事に困ったことがないネイディーンにとっては、初めての経験かもしれない。


無人島での最初の食事は、王太子自ら作った料理だった。

獲ったばかりの焼き魚を食したのは初めてのことで、塩味が効いて、とても美味だった。空腹だっただけに、余計にそう感じたのかもしれない。

魚をだしに使った野草スープの味も悪くはない。

王太子であるライオネルのほうが、ネイディーンより料理が上手いというのも、公女としての立場がないくらいだ。

「こんな美味しい魚料理やスープを食べたことはなかったです。ご馳走さまでした」

「それはよかった。貝は砂抜きしなきゃいけないから、また明日料理する」

うだった。
ライオネルもまた、ネイディーンが完食したことに、作りがいがあったと満足しているよ

「食事を終えたところで、話があります」

「なんだ？」

「わたし、フレデリックから海に落とされたあと、まったく記憶がないのです。ライオネルが助けてくれたのですよね？」

「俺以外に誰がいるというんだ？」

ネイディーンを殺そうとしたフレデリックが助けるわけないし、金で雇われた船員も同じだろう。

「確認しただけです。このご恩は一生忘れません。わたし、生涯王太子ライオネル殿下に仕え、尽くしますわ」

「大げさだな」

ネイディーンは決して大げさなどとは考えていない。

命を助けてくれたライオネルには、感謝してもしきれないくらいだ。

「潮が向岸流だったからよかったんだ。もし離岸流なら助からなかった」

波がネイディーンたちを無人島まで運ぶのを手伝ったのだ。

もし離岸流だったら、息絶えていたかもしれない。

「腹が満たされたところで、浜辺まで行ってみるか？　ここから数分程度だ」

「はい」

しばらくこの島に住むのだから、小屋の周辺がどうなっているのか把握しておく必要がある。

「じゃあ、行こう」

ネイディーンはライオネルと小屋から出て、周辺を観察しながら歩いていく。

木々に囲まれているだけあって、森の中を歩いているようだ。

ときどき伐採の跡がいくつか残っているのを見ると、誰かがあの小屋やテーブル、椅子、ベッドを造るために、切り倒していったのだろう。

「ネイディーン、あの浜辺だ。俺たちが最初に辿りついた場所だ」

木々を抜けた先には、白い砂浜とどこまでも続くかのような青い海、空の下には元気に飛んでいるカモメが目に入る。

「お前は完全に意識を失っていた。海水も飲んでいたし、吐かせてから、しばらく浜辺で寝かせておいたんだ。名前も何度か呼んだが、全然目を覚まさなかった」

「まったく記憶にありません」

ネイディーンは、フレデリックから海に投げ込まれたことまでしか憶えていない。

「とりあえず周辺を散策したら、あの小屋を発見したんだ。急いでお前を担いで、ベッドに寝かせたというわけだ」

ネイディーンを抱えながら長距離を泳いで、体力が消耗していたはずなのに、ライオネルは休む間もなく、島の調査をし、食料まで確保してくれていた。

なかなかできることではない。

ラウィーニア王国はなんとも頼もしい後継者を得たのか。

人ひとり簡単に殺すようなフレデリックより、ライオネルのほうが国王として何倍も相応しいのは明らかだ。

宮廷の重臣らに、ライオネルの素晴らしさを教えてやりたいくらいだ。——が、その前に島から脱出できるかが問題である。

「どうした、難しい顔して？」

「いいえ、なんでもありません。それより綺麗な浜辺ですわね」

さらさらとして歩きにくいが、砂は白くて美しい。きっとあまり人の手が入っていないからだろう。

「この位置だ。お前を寝かせたのは」

ネイディーンから十数歩ほど離れたところに、ライオネルが立った。

「わたし、この砂のベッドで寝ていたのですね」

「ついでに、ここで衣服も脱がせた」

「ここ……で？」

「そうだ。一応衣服から水気を絞って、シーツ代わりにして被せておいたが」

ネイディーンは生まれてから一度も外で着替えなどしたことはない。

それなのに浜辺で裸にされ、曝されたなど、一生の恥だ。

「助けてくださったことには感謝しますが、女性を裸にしてひとり寝かせておくなんて、誰かに見られでもしたら、わたし今後は一歩も外を歩けませんわ」

「誰かにって、人などいなかったからいいじゃないか」

「それはそうですけれど……」

小屋が建っているのだから、この無人島に出入りしている人がいるはずだ。もしそのとき誰かいたら、ライオネルはどう対応するつもりでいたのだろう。

「ああ、でもお前の裸を見ていた奴がいたな」

「ええっ？　やはり人がいるのですか？」

「カモメだ。空から俺たちを見下ろしていた」

「…………」

ライオネルから、からかわれているのだろうか。ネイディーンはあまりに馬鹿馬鹿しくなり、怒る気力も失せた。

「ネイディーン」

「えっ？」

ライオネルの手が伸び、ネイディーンの腰に回してくる。

もう片方の手で頬に触れてきて、そのまま顔が重なっていく。

こうしてキスをされるのも久しぶりだ。船内では不安がいっぱいで、安心感を得るために、身体を寄せあうだけだった。

「お互い無事で、ほんとうに生きていてよかった」

「ライオネル」

いつも冷静で、頼もしさがあるように見えたけれど、実はライオネルもまた不安でいっぱいだったのではなかろうか。

ネイディーンを抱きしめる腕は温かく、どれだけ心配し、愛情を注いでくれているか実感する。

「海に飛びこまされたとき、お前には二度と会えない覚悟でいた」

「でもわたしたちは生きていて、すぐに再会できました」

「ああ」

ライオネルの唇が頬へ、そして耳朶(じだ)へと移動していく。

同時に衣類へと手が伸び脱がそうとしてきた。

「ライオネル？　あのっ？」

ネイディーンは一気に全身が熱くなる。

動物ではないのだから、浜辺で色事などするものではない。

「お前を愛したいんだ、ネイディーン」

この島にいるのはネイディーンとライオネルのふたりだけだ。どこで睦みあおうと、見ている者などいない。

「でもカ……カモメが見ています」

「カモメ？」

「はい。だから情を交わすのは小屋に戻ってからでもよろしいではありませんか」

人がいなくても、外での行為には羞恥心がある。

「ふーん。それはなかなかいいじゃないか」

「はあ？」

「俺がどれだけネイディーンを愛しているかを、カモメに見せてやろう。いや、カモメだけじゃなく、青い空、輝く太陽、透きとおる海、これらすべてにネイディーンの美しさを見せてやれ」

「あ……」

ライオネルに再び口を塞がれ、抵抗できなくなっていく。

この蕩けるような甘いキスには魔法でもかかっているのか、抗う力を吸い尽くしていくのだ。

「あふぅ」

「俺はいつだってお前がほしい」

ゆっくりと砂のベッドへと押し倒され、すでに抵抗する気力のないネイディーンはされるままになっていた。

「あん」

ライオネルの唇が首筋を這い、右手がネイディーンの胸の上に置かれる。

「ネイディーンの身体は綺麗だから、俺は大好きだ」

ライオネルから衣類を脱がされ、砂が肌に触れる。

さらさらの砂浜は温かく、柔らかなベッドに寝かされているようで、意外と居心地がいい。

「ライオネルも脱いでください」

「俺も？」

「わたしが脱がされてばかりなので、ライオネルも裸になるべきです」

ネイディーンだけが裸になるのは不公平だ。

どちらも衣類を脱いで、睦みあうべきである。

「かまわんが、俺の裸は見ていて気分のいいものじゃないぞ」

「？」

ライオネルが躊躇しながらも、衣類を脱ぎ捨てていく。肌が露になっていくにつれ、ネイディーンは息を呑み、驚きのあまり声に出すことができないでいた。

「あ……あ……」

背中や腕、腹部、足にいたるまで、無数の傷跡が残っている。

浅い傷が多いようだが、中には深く斬りつけられた跡もあった。

「王宮に帰り、最初に入浴したとき、手伝いの従僕らが腰を抜かしていたな」

ライオネルは自嘲気味に笑っていが、ネイディーンはショックでどう反応していいのか迷う。

「これは……」

「酷いものだろう？」

鞭で打たれたような跡まである。

王宮で平和に暮らしていたら、こんな傷跡などなかったはずだ。亡くなった王弟は、どこまで実の甥に対し、非道なことをしでかしたのか。

「戦地にいたときの傷……なのですよね？」

「そうだ。敵と遭遇して、戦ったときの傷。捕虜になって鞭で打たれたときの跡もある」

だからライオネルは、ネイディーンの前では肌を露にしなかったのだ。辛い過去を見せたくはなかったのだろう。

「こんなもの、いやだろう？」

「いいえ」

ネイディーンは微笑しながら、首を横に振った。

どんなに辛く苦しかったことだろう。深い傷を負ったときは、生死を彷徨ったはずだ。

それでもライオネルは生きて、ラウィーニア王国に帰ってきてくれた。王太子としての使命を忘れず、そして両親である国王夫妻やネイディーンと再会するために、「絶対に死ぬものか」と強い信念を持って、戦場を駆け巡っていたのだろう。

「無理しなくていいんだぞ」

「驚いただけです。でも、傷があろうと関係ないです。わたしは過酷な環境にあってもラウィーニア王国王太子の矜持を捨てず、ご両親を想い、生きてきたライオネルという人に惹かれたのですもの」

ネイディーンはライオネルに向けて、両腕を伸ばした。

愛する人をすべて受け入れるという意思表示だ。

「ネイディーン」

ライオネルがその手を受け取り、ネイディーンの手の平や甲にキスをしてくる。もちろん、もう片方の手にもだ。

「お前の民を思いやる気持ちには、王妃としての資質が十分ある。俺に剣の勝負を挑む勇ましさもいい。想像以上の女に成長して、俺にはもったいないくらいだ」

「褒めすぎです」

「そんなことはない。俺はそんなお前が好きだ。ネイディーンだけを生涯愛する」

ふたりきりしかいない島で、互いに愛を告白しあうなど、誰にも経験できないことだ。フレデリックには憤怒していたが、彼が海に放り投げなかったら、こういう素敵なときを過ごすことができなかったのも事実だ。

「ああ、ライオネル。わたし、世界中の幸福をひとり占めしたようです」

「俺もだ。この世で一番の幸せ者だ」

ライオネルの唇が手から腕へ、胸元へと流れるように移っていく。

あちこちをきゅっと強く吸われ、紅く染まることだろうが、ネイディーンは跡をつけてほしかった。

「お願いです、ライオネル。わたしの肌にたくさんあなたの印を残して。あなたの傷跡と同じくらいつけてほしいの」

ライオネルの傷が痛みを伴ったのに対し、ネイディーンは快楽を与えられた印ではあるが、同じように痕跡を残したかった。

ライオネルの辛かった人生を、これからネイディーンもともに背負うという証だ。

「ああ、たくさんつけてやる。俺のものだという証拠だからな」

「あんっ」

乳首を指で摘まれながら、乳房をライオネルの舌が這う。

久しぶりの愛撫だからだろうか。すぐさまびくびくと反応してしまい、疼いたものが足の爪先まで広がっていく。

この甘い疼きは愛されているという刺激だ。永遠に続けたいほど、素晴らしいものだった。

「ああ、ライオネル。右ばかり弄ってないで、左の乳首も愛でてください」

「素直に言えるようになってきたな、ネイディーン」

「だって……ここには誰もいませんもの。恥ずかしがる必要はありません」

ほんとうは少しだけ嘘だ。愛しいと思った男性からされたら、自分も淫らな行為が好きになっていくものなのだと知った。

「左はもうちょっと待っていろ。焦らされるほうが、より快感を得られるぞ」

「ああん、そんな……片方だけで達してしまいそう……」

しばらくしていなかった分、快感の勢いが速くなってきている。

いまのネイディーンは右だけ嬲られても、十分頂点まで達するだろう。

しかも左は放置されているのが、逆に性欲を煽られる。

「右だけで達してみろ。そうしたら左も可愛がってやる」

「ああ、意地悪……あ、あぁ、あっ」

ライオネルから舌で執拗に嬲られ、びくっとした気持ちのいい痺れが走ったとき、ネイディーンはあっという間に最高潮を迎える。

「ふぁ、はあはあ……嘘……でしょう?」

片方を遊ばれただけで簡単に達するなど、この身体はどれほど淫乱になっていたのか。ネイディーンは自分に驚く。

「どんどん敏感になっていっている証拠だ。気にするな。いい傾向なんだから」

「あんっ」

ライオネルが約束どおり、左の粒を口に含んだ。

ただでさえ達したばかりなのに、ここで待っていたとばかりに左を舐められたら、またすぐに絶頂を迎えてしまう。

「いやん、また……あ、あ、達しちゃう」

「達けよ、ネイディーン」

「ああ、あぁっ」

疼いたものが脳の髄まで到達したとき、いとも簡単にまた頂上まで達してしまった。

「は、はあ、あぁ……ライオネル。これだけでは……はぁ……」

呼吸を整えながらも、身体はまだ物足りなく、ライオネルがほしいと訴えてくる。

ネイディーンはあの頑丈な雄で貫かれ、最高の気分を味わいたいのだ。

「わかっている、ネイディーン。足りないんだろ？　どうしてほしいんだ？」

「ライオネルの逞しい雄蕊をわたしの中に入れてください。たくさんあなたがほしいです。あなたとひとつになって、気の済むまで快楽を極めたいから」

以前のネイディーンなら、こんな言葉は身体を焦らされ、煽られなければ出てこなかった。いまはライオネルそのものを愛しているから、どんな卑猥なことも羞恥なく言える。

「お前がほしいだけ、俺をくれてやるよ」

「ああっ」

両足を持ち上げられ、すぐにライオネルが体内に突進してきた。

胸だけでも達してしまえるネイディーンは、すでに蜜口も濡れまくっている。男の硬くなったものがいきなり押し入っても、するりと受けいれられた。

「ライオネル、あなたを感じる。とてもいいです。最高だわ……」

自分の中で、愛する人が欲望を満たそうとするのが、表現できないほど素晴らしい。

「俺もだ。俺そのものを受けいれてくれるネイディーンの中は、とんでもなくいい。最高だ」

「ライオネル……」

この人といられるなら、永遠にこの無人島の世界で暮らすのも悪くないかもしれない。

ずっと睦みあって、ふたりで生きていきたい。

だが、もしどこかの船がこの島を訪れ、ネイディーンたちを救出してくれるのであれば、ラウィーニア王国へ帰らなくてはいけない。

いつその日が来るのかは定かではないが、いまだけはライオネルとの時間を楽しみたかった。

ネイディーンがライオネルとともに無人島に漂着して、一か月が経とうとしていた。

もし無人島に辿りついたのがネイディーンひとりだけだったら、きっと生きていけなかっただろう。

海に潜って魚や貝を獲ることはできないし、野草も毒のあるもの、ないものの区別がつかない。

さまざまな経験を積んでいるライオネルといっしょだからこそ、元気で無事にいられるのだ。

こんなにも頼りがいのある夫は他にいない。

それに対し、ネイディーンにできるのは、水の確保と枯れ枝拾いだけだ。

毎朝、夜明けとともに起き、島の奥まで水を汲みにいく。

「ん、んー」

ネイディーンは目が覚めると、両手を伸ばした。

実家の公爵邸や離宮にいたときは、こんなに早く起きたことはなかった。使用人は掃除や食事の支度があるが、屋敷の主人と家族の朝は遅い。

「眠い……」

まだベッドで横になっていたいが、寝坊したら、朝食が遅くなってしまう。ネイディーンはゆっくりと身体を起こした。

「おはようございます……と言いたいところだけれど」

ベッドから下りて、小屋の中を見渡しても、ライオネルの姿はない。すでに食料を調達しに行ったのだろう。

「わたしも行かないと」

ネイディーンはベッドから下り、厨房に置いてあるバケツを両手に出かける。

小屋から島の奥へ進んでいくうちに、だんだん草木が多くなり、足場が悪くなる。スカートは裾が引っかかり、破れた箇所もある。汚れも目立ってきた。

そろそろ新しい衣服に着替えたいところだ。

「一生、無人島暮らしになったら、あちこち破れて、最後には裸になりそう……痛っ！」

長いこと梳いていないからか、後ろ髪がボサボサになり、枝に引っかかりやすくなっている。

「もう、いやになるわ」

一度バケツを置き、絡んだ髪を丁寧に外していくが、そのとき二、三本ほど抜けることもある。

「髪が薄くなる前に、脱出できるかしら？」

ネイディーンはぼやきながら、髪を解く。そしてまたバケツを手に、奥へと進んだ。

島の中央には、岩肌から湧き水が流れている。一日に三回、ここで生活に必要な水を汲んでいた。

もしこれがなかったら、蒸留水を作るしかない。小さな島では、井戸を掘っても塩水しか出ないのだという。

「冷たい」

バケツを置き、両手で水を掬い、顔を洗うとさっぱりする。

「さて、と」

バケツいっぱいに水を入れ、また小屋に戻るが、行きと違い、帰りは重い。

最初は水汲みもライオネルがすると言っていたが、それだとネイディーンの仕事はなにもなくなる。

ふたりしかいない島で、自分ひとりだけ遊んでいるわけにはいかない。

ネイディーンは簡単な作業だけでもしなければと張りきったのだが、これが重労働だった。

水いっぱい入ったバケツがこんなに重いとは知らず、始めたばかりのころは、途中で腰を下ろすことが何度かあった。

最近は体力がついてきて、休む回数も減ってきた。

「ちょっと休憩」

ネイディーンはバケツを置くと、木に凭れて座った。

そよ風が吹き、肌にあたると気持ちいい。

揺れている葉が笛の音のように、さわやかに感じられる。

こうして自然に囲まれ、ぼんやりしていると、思いだすのは両親や友人、下町のことだ。

「お父さま、お母さま」

両親は正体不明の集団に攫われたネイディーンのことを心配しているだろう。一日も早く会い、元気な顔を見せたい。

「わたしがライオネルから妃に指名された途端、帰っていった薄情な友だちはどうしているかしらね？」

さっさと離宮から帰っていったときは不快になったが、長年つきあってきた友人だ。シェイナたちともまた楽しくお喋りしたい。

下町での慈善活動も再開したいが、今後は難しいかもしれない。無事に帰国できたとしても、フレデリックとともに行動するのは無理だ。

ライオネルが手伝ってくれるかもしれないが、まだ勉強がある。今後はひとりですることになるだろう。

「帰国できたら、カミラも労わないと」

シチュー作りを手伝ってもらっている厨房のカミラには、いつも「水を汲んできてね。薪の用意もお願い」と、言いつけていた。水を運ぶだけでも大変だというのが、しみじみ理解した。

「わたしって、ほんとうにお姫さま育ちだったのね」

船内ではライオネルに「世間知らずというのであれば、これから勉強していけばよいのです」と豪語していたのが恥ずかしい。

もっと庶民の生活に入り、学ばなければいけなかった。

「休憩、終わり」

過去や帰国後のことを考えるより、まずは朝食の用意が優先だ。

ネイディーンは立ち上がり、再びバケツを手にする。

小屋に戻ると水差しに入れ、二度目の水汲みに行く。

野草を洗い、スープを作り、食べ終われば食器や鍋を洗わなければいけない。一往復だけでは、量が足りないのである。

「さあ、がんばるのよ」

ネイディーンは自身を励まし、水汲みへと向かう。

そして二往復目が終わったとき、ライオネルも魚介類や野草をバケツに入れ帰ってきた。

「水汲みご苦労さん。俺もいっぱい獲ってきたぞ」

貝は砂抜きをしなければならないから、食べるのは明日だ。今日料理する分は、昨日獲ってきたものである。

「朝食作るから、食器を出しておいてくれ」

「はい……」

ネイディーンは元気のない返事をする。

ライオネルの作ってくれる料理は美味しいのだが、毎食これでは飽きて、食欲がなくなっている。

スープの具は海藻と貝、ツルナだけ。オカヒジキが入っていたときもあったが、あまり生えていなかったため、いまはない。

あとはカニやエビがあるときは炭火で焼く。魚は捌いて、獲りすぎて余ったときは干して、非常食にしていた。

「たまには違うものが食べたい。菓子や茶も……」

一回でいいから、肉料理や甘い菓子を口にしたい。せめてバターがあれば、限られた食材であっても、他の調理法があるというのに。

「他に食材があればいいんだが、我慢してくれ」

ライオネルの声も弱々しい。フレデリックに問題があったというのに、自分が原因でネイディーンを巻きこんでしまったと、心苦しく思っているようだった。

「無人島で水を確保できて、食事ができるだけ恵まれているというのに、贅沢なことを言ってしまいました」

ライオネルはネイディーンを飢えさせないために、必死に食料を手に入れてきてくれるのに、なんという失礼なことを口走ってしまったのか。

硬いパンや味の薄いジャガイモのスープを食している下町の住人と比較したら、魚介類がある分、ネイディーンたちの料理は豪華だ。

「ネイディーンの気持ちもわかるからさ。誘拐された直後、俺も同じことを考えた。閉じこめられていた船内で、パンと飲みものだけしか与えられず、肉料理やデザートの想像ばかりしていたな」

ライオネルが昔の辛い思い出を語りながら、かまどの枯れ枝に火をつけ、鍋に水を入れた。

そのあとは獲ったばかりの魚を串で刺していく。

「わたし、これまで下町で暮らしている人、いえ、彼らだけでなく、我が家で働いている使用人の仕事もどれほど大変か、頭では理解していても、実感はしていなかったみたいです」

「じゃあ、それがわかっただけ、今回の経験は無駄じゃやなかったな」

これまでの慈善活動は、偽善にすぎなかったのかと落ちこむネイディーンとは反対に、ライオネルが慰めるように語りかける。

「ライオネルは誘拐犯を恨まなかったのですか？　不便な生活を強いられたというのに、それすらも経験のひとつとして受けいれていたのですか？」

「恨んださ。決まっているだろ？　どれだけ年月が経とうが、許せるものじゃない」

ライオネルの声が一瞬にして重くなる。そのたったひと言で、心情が伝わってくる。

普段は明るく元気がよいだけに、どれだけ激憤しているのか恐ろしいほどだ。

「監禁されていた船内で、何度も扉を叩き『僕を帰して』と訴えた。船員に無視され、悲しくなって、何度も『父上、母上』と呼んでいた」

ネイディーンは黙って聞きながら、棚から食器を出し、テーブルに置く。

「でも漁師の爺さんから海の知識を教えてもらったし、軍に入って身体も鍛えられたからな。十三年間の経験がなかったら、こうして魚を捌くことだってできなかった」

ライオネルが沸騰した鍋に具を入れたあと、串刺しにした魚を炙る。

「だから俺が誘拐されたのは、すべては今日を生きるために必要なことだった。そう思えば、怒りも収まる」

ライオネルは無理にでも理由をつけて、過去の辛い出来事を前向きにとらえようとしているのではないかと、ネイディーンには映る。

人生を狂わされた怒りなど、簡単に忘れることなどできはしないだろう。

「叔父上やフレデリックのしたことに腹は立つが、これも運命と割りきるだけだ」

「わたしはまだ割りきれそうにないです」

フレデリックへの怒りが抑えられないから、許すことなどできないのだ。

「ネイディーンには時間が必要だな……と、魚が焼けた」

ライオネルが焼けたばかりの魚を皿に置いた。

「スープは煮えましたか？」

「ああ、こっちもちょうどいい」

ライオネルがおたまをかきまわし、もう片方の手を出していた。

「はい、どうぞ」

ネイディーンから渡された皿に、ライオネルができ上がったばかりのスープを掬い、入れていく。

「ネイディーン。食事が終わったら、また浜辺で気分転換しよう」

この気分転換がなにを意味するのか、ネイディーンにはわかっているだけに、頬が熱くなる。

「その前に、枯れ枝を集めなければいけません。残りが少なくなってきているのですから」

ネイディーンにできることと言ったら、水汲みと枯れ枝拾いだけだから、この仕事だけはきちっとやりたいのだ。

ライオネルにすべて世話になるのは、自分の価値がなくなる気がする。

「じゃあ、枯れ枝拾いが終わったら行こう」

張りきるような笑顔のライオネルに対し、ネイディーンは羞恥を隠すかのように、斜め下に目を向けた。

「はい」

ネイディーンからの返事が嬉しかったのか、ライオネルは食事が終わるまで微笑んでいた。

小屋のベッドでは狭いからだろうか。ライオネルはネイディーンと浜辺で戯れるのが好きなようだ。

朝食後に宣言されたとおり、枯れ枝を拾い集めたあとは、こうして砂の上で淫らな行為をされていた。

ネイディーンはライオネルの上に、椅子のように座り、背凭れをする。後ろから両手が伸び、乳房をいやらしく揉まれた。

ネイディーンもまたこうして、ライオネルから遊ばれるのが楽しくなってきている。

「はふ……ベッドが……狭いなら、テーブルの上で……してもよいではありませんか」

「ネイディーンはカモメに見られながらされると、いい声を出すからな」

「そんなこと……あるわけがありません……」

ネイディーンは否定しつつも、カモメに見られていることに興奮していた。なぜならベッドでするより、感度がよくなってきているからだ。

「達く時間も速くなってきている。ほら、ここをこうすると」

「あぁぁっ」

ライオネルの指で胸の頂点をつつかれると、ネイディーンは身体がぞわぞわとし、瞬く間に達してしまった。

「もう……もう、胸でなく、ライオネルのもので達したいです」

ライオネルから粒を弄られるのも好きだけれど、ネイディーンは繋がった状態で、快楽の頂上まで昇りたいのだ。

「だったら、たまにはネイディーンが俺のものを愛でてくれないか？」

「ライオネルのを？　どうやって？」

「ネイディーンの可愛い口で、俺のものを含んで、舌で撫でてほしい」

ライオネルが中心部を寛げ、自らのものを披露すると、そこには生命力に溢れた雄のシンボルがあった。

いつも挿入されている大事なものだというのに、直接見たのは初めてだ。

「こんなに大きいものがわたしの体内に入っていたなんて……」

あまりの規模に驚き、退きそうになるが、自分と一対になれる大切なものだ。

ライオネルが愛でてくれるように、ネイディーンもまたこの雄々しいものを愛したい。

「いやか？」

「いいえ。わたし、喜んでライオネルのものを愛撫します」

「嬉しいぞ。ご褒美にこれをやろう。昨日、見つけたんだ」

ライオネルが懐の中から、枝分かれしている白い珊瑚を取りだした。

「これがご褒美なのですか？」

砂浜にはいろんな形をした珊瑚が散乱している。とくに珍しいものではないはずだ。

「そうだ。これは他と比べると、つるっとしているから入りやすいはずだ」

「あっ！」

ライオネルは信じられないことに、ネイディーンの蜜口に、手にしていた珊瑚を埋めてきたのだ。

「枝分かれしている部分に、感じる箇所があたって、余計にいいだろう？」

「うぅ、う……」

ライオネルの言うとおり、全身がムズムズしてきて、また快感の嵐が押し寄せてきそうになる。

さっき達したばかりだから、余計に感度が高まってきていた。

「この……珊瑚を取って……ください」

「ダメだ」

「なぜですか？」

「お前の淫らな姿に魅了されたカモメたちが、蜜口目がけて襲ってきたらどうするんだ？」

まったくもって馬鹿げた話だ。どうしたらカモメが人間に性欲を持つというのだ。

「でも、このままでは中途半端なんです……」

自分の体内に入っている珊瑚は、ライオネルのものと比較したら細いし、小さくもある。物足りなく、到達できそうにない。

「俺を満足させたら、ちゃんと本物を入れてやる」

「う……」

「さあ、ネイディーン。犬や猫のように這い、腰を上げるんだ。お前の可愛い果実のような尻を空に向けて、カモメたちに見せつけてやれ」

ライオネルの言葉を信じて、ネイディーンは四つん這いになり、その中心部に顔を埋めた。すでに漲(みなぎ)っている雄に手を触れると、こんなに硬い肉が自分の中に何度も入っていたのが不思議だ。

ネイディーンは怒張している雄を上から下へ、そして今度は下から上へと舐めていく。

以前なら男のシンボルを舌で弄ぶなど考えられないことだったのに、ライオネルだけは別だった。自分と繋がるものだけに、とても愛おしい。

「あら？　ライオネルもお漏らししています」

ライオネルの先端から、とろりと愛液が流れ落ち始めている。

ネイディーンが淫らなことをされて濡れていると、ライオネルはすぐにからかってくるが、自分とて同じではないか。

「そりゃあ、ネイディーンからされているからさ。とても気持ちいいしな」

「男性も同じように気持ちよくなるのですか？」

「当然だろう？　特にそれが愛する女からされれば、例えようのないほどいい」

「ライオネル……」

ネイディーンは嬉しくなり、もっとライオネルをよくしたいと、肉茎を手で擦りながら先端を口に含んだ。

「ネイディーンは上達が早いな。さすが宰相を目指していただけあって優秀だ。もうひとつご褒美をやろう」

「ん、ぐ」

ライオネルの両手が胸をつかんでくる。

ネイディーンはそこが弱いのだ。ここで粒を指でぐいぐいとつつかれたら、またすぐに達してしまう。

「ダ……ダメです。わたしは……ライオネルのもので達きたいのに」

「安心しろ。あとでちゃんと俺のを入れてやる。だから俺はネイディーンの可愛い口で。お前は乳首で達けばいい」

それならかまわない。あとでもっと凄(すご)い褒美がもらえるのであれば、先にライオネルを愛でよう。

ネイディーンは張りきって舌を使い、手を動かし、ライオネルを頂点まで導こうとした。咥(くわ)えている相手から胸を揉まれると、凄まじいほどの勢いで、官能の世界へ導かれる。

「上手いぞ、ネイディー……うっ、く、ん」

ライオネルの先端から出てくる愛液はどんどん増え続ける。

これまでどれだけネイディーンの体内で性欲を満たしていても、声を出すことのなかったライオネルが喘いでいる。

ネイディーンはあと少しだと、肉茎を両手でつかみ、上下に擦っていく。

「あ、あぁ、わたしも、もう……」

ライオネルの二本指もまたネイディーンの粒を擦ってきて、互いに愉悦に浸る。

「あぁぁん、んっ」

ネイディーンがこの上もなく淫声を上げると、ライオネルの先端からも一気に愛液が放出された。

一部の飛沫(ひまつ)がネイディーンの頰にあたるが、ライオネルのものだ。むしろもっと浴びたい気分だ。

「悪いな、お前の綺麗な顔を汚してしまった」

「わたしはライオネルが気持ちよくなっていただきたかったので、とても満足です」

挿入されて絶頂に達したわけではないが、互いにめくるめく喜びを与えたのだ。これほど歓喜に満ちたことはない。

「約束どおり、俺をお前の中に入れてやろう」

「はい」

ネイディーンはようやく繋がれると、喜びのあまりライオネルにキスをし、抱きしめた。ライオネルもネイディーンを抱きしめたあと、蜜口に埋まっていた珊瑚を外してくれた。急に空洞となった寂しさがあるが、すぐにライオネルが満たしてくれる。

「ネイディーン、腰を上げて、そしてゆっくり下げるんだ。そしたらちょうど俺のものが入るはずだ」

「わたしがこの体勢のまま、自分でライオネルのものを入れるんですか？」

「そうだ。俺がお前の身体を支えているから大丈夫だ」

ネイディーンには自分から入れるなど不安はあるが、早く入れてほしいという欲求には勝てず、言われるまま身体を動かした。

「あっ」

つい先ほど達したばかりのライオネルの雄は、すでに硬く成長しており、ネイディーンの中に入れる準備が整っていた。

先端が蜜口に入り、ゆっくりと腰を下ろす。

少し不安はあったが、たっぷり濡れているからか、意外にもするりと入っていく。きっとライオネルとは身体の相性がいいのだろう。

先端で感じるところを突かれながら、どんどん奥へと入っていく。

「ネイディーン、俺は動けないからな。お前が身体を上下に動かしてくれ」

「は……はい」

今回はネイディーンが抽挿を繰り返さなくてはいけない。そうでなければライオネルが頂上まで到達できないからだ。

「ん……ん、あ」

ネイディーンは自分よりもライオネルにもっと気持ちよくなってもらおうと、上下に動かすだけではなく、横に揺らしたり、ときにはぎゅっと蜜路を締めつけたりと工夫を凝らす。

「無人島に滞在している間に、男を歓ばすことを覚えてきたな」

「こんな……淫らな妻はおいやでしょうか……？」

「まさか。俺だけに淫らであればいい。が……」

「が？」

「他の男に同じことをしたら許さん。もしそんなことをしたら、いやというほど辱めを与えてやる」

「ああ、ライオネル！　なんて素敵なのでしょう」

ライオネルからのこれ以上にない愛の告白に、ネイディーンは幸せに満ち溢れていた。ますます気が昂り、官能を極めたくなる。

「ネイディーン、俺もだ」

「あぁ、あ、あ、あぁぁ」

この体勢だと、これまでで一番奥まで雄が貫いてきているからか、肉体が破裂しそうな勢いだった。

「達け」

「もう、もう……ああ、また……」

ネイディーンはライオネルに煽られるまま、恍惚の極致へと向かっていった。

「ふぁ、はふ……」

そろそろ満足しなければいけないのに、まだライオネルと繋がったままでいたい。極限まで達し続けたい。

「これで終わりにするか？」

「いいえ、足りないです。たくさんしたいです」

「そうか、じゃああと一回な」

ライオネルが身体の位置を変えることなく、ネイディーンの粒を口に含んできた。

「あん、胸ではすぐに達してしまいます。わたしはライオネルの……」

「わかっているが、船が近づいてきている」

「えっ？」

ネイディーンは振り返ってみるが、海とカモメ以外は見当たらない。

「俺は視力がよすぎるのか、かなり遠方まで目に入るんだ」

「まあ、そんなに……」

「これで助かるかもしれないな」

でもそれはふたりきりの生活に別れを告げ、一国を背負っていく者としての使命を果たしていくことになる。

「船に乗っている者たちは、あの小屋の所有者でしょうか？」

「わからんが、この島に向かってきていることは確かだ」

もし船員たちが悪人でなければ、ネイディーンたちは助かる。ようやくこの無人島から脱出できるのだ。

獣のように淫らに愛しあった日々は終わりだ。

「浜辺で待っていたかいがあったたな」

この一か月の生活で、衣服の裾が綻びかけ、汚れも目立ち始めている。髪も櫛がないので梳けないため、ボサボサだ。リボンすらないから、まとめることもできない。

これはライオネルも同じだ。

誰が見ても一国の王太子と公女には見えないだろう。

「ひょっとして小屋ではなく、ここでわたしを求められていたのは、船を確認していたからなのですか？」

「それもあるけれどな。解放感のある浜辺でしたほうが、互いにより快感が増幅するしな」

ライオネルの舌が、粒をペロリと舐めてきた。

「ああんっ」

「ネイディーン、無人島での最後の絶頂だ。早く達してしまえ。それとも船員たちに見られたいなら、長引かせてもかまわんぞ」

「この身体は……ライオネル以外の男には……曝したくありません」

ネイディーンは両手でぎゅっとライオネルの肩をつかんだ。

島から一歩出たら、ニューエル公爵家の娘に戻り、王太子妃となるべく相応しい行動をしなければならないのだ。

淫らな姿は寝室でのみ曝す。

「お前は永遠に俺のものだ、ネイディーン」

ライオネルの舌で左の粒を転がされ、かつ右は指で撫でられ、全身がびくびくしてきた。

体内に入ったままの雄も再び盛り上がり、ネイディーンを至福へとかき立てる。

「あ、また、もう……あぁ、あ」

「俺がほしくてたまらないような、いい顔をしているぞ」

ネイディーンのほしがっている表情に影響されたのか、ライオネルが放出すると、それに扇動されたネイディーンは、無人島最後の最高潮を迎えた。

「あは……ん、はぁ……これで終わり……？」

「ああ。ふたりきりの無人島生活も終わりだ」

もし誰も訪れることのない島なら、ライオネルと永遠に交わり続けていたことだろう。

もうすぐ船が着き、助かるかもしれないと思ったら、ふたりきりの無人島生活が名残(なごり)惜しくなってきた。


ネイディーンは無人島で最後の睦みあいが済んだあと、海水で身体を洗った。情事の痕跡を他人に気づかれたくないからだ。

脱ぎ捨ててあった衣服を身に纏うと、ライオネルも乱れた衣類を整えていた。

「ここで静かに暮らすのもいいが……」

「ええ、わかっております」

ライオネルは王太子としての果たすべき使命があり、ネイディーンにはそれを助ける役目がある。

このままフレデリックの策略により、汚名を残したまま、無人島で朽ち果てるわけにはいかないのだ。

「ネイディーン、船が到着する前に、先に訊いておきたい。お前、フレデリックをどうしたい？」

長年の信頼のおける友人だと信じてきたのに、自分の想いが通じなかったからと言って、あっさり海に放り投げたフレデリックのことなど許せるわけがない。

ライオネルが助けてくれなかったら、ネイディーンの魂は神のもとへと旅立っていたのだ。

「フレデリックのことは、絶対に許せません。厳罰に処していただきたいです……が」

「が？」

「アメリアは近いうちにタガード帝国皇帝陛下と結婚します。ラウィーニア王国にとっても、重要な大国です。もし亡父や兄が王太子を遠い大陸や無人島へと放逐したということが発覚したら、破談になるでしょう」

それどころか大罪人の娘であり、また妹ということで、アメリアは宮廷から追放され、二十歳前の若さで寂しく余生を送らなくてはいけなくなる。

「十三年前と今回の事件の首謀者については、俺たちの胸の内だけに秘めておきたいと?」

「はい、申し訳ありません。アメリアにはなんの罪もないですし、なによりわたしにとって、彼女も大切な友人のひとりなのです」

幼いころからアメリアともよく遊んだものだ。

国王から王太子妃候補にと望まれたときは、縁談を口実に、真っ先に離脱していったが、いまではありがたいと思っている。

他の三人にしても同じだ。

ネイディーンはこうして、ライオネルと心を通じあわせることができたのだから。

「わかった。俺もフレデリックのことは罰したくない。父上が俺を認めてくださったあと、ネイディーンはすぐに帰ったから知らないだろうけれどな。あいつも目を潤ませながら『よく無事で帰ってきてくれた』と、心の底から喜んでくれたんだ。その気持ちに嘘偽りはなかったと信じたい」

「そうだったのですか」

フレデリックからすれば、自分の亡父がしたことを知り、長年ライオネルへの罪の意識があったのかもしれない。だから生きて帰国したときは、安堵していたのだろう。

ただ王位に興味はなくても、ネイディーンだけは譲れなかったのだ。

それがきっかけで、フレデリックは亡父と同じ罪を犯してしまった。

「俺が王位を継いだとき、フレデリックはきっと助けになる。なんとか罪が及ばぬよう取り計らおう」

「その前に、あの手紙を陛下がお読みになられたら、先にライオネルが追放されてしまいます」

国王がフレデリックから書かされた手紙を読んでいたら、王宮に戻っても門前払いされる。いくらネイディーンが「本物の王太子殿下です」と証言したところで、国王が信用しなければ終わりだ。

「大丈夫だ。父上は俺のことを信じてくださる」

ライオネルは自信ありげに微笑んでいるが、ネイディーンは不安でたまらない。

これまでも王太子を名乗る人物が現れたが、すぐに偽物だと判断され、追い出された。今回は国王が本物と認めたにもかかわらず、当の本人が「実は偽物でした」と手紙を送ってしまったのだ。

「それよりネイディーン、俺の後ろに下がっていろ」

「えっ？　なぜですか？」

「どういう類の連中があの船に乗っているかはわからないだろう？　海賊って場合もあるからな」

もしあの小屋を建てたのが海賊なら、乗員全員に警戒しなければいけない。

つい何分か前まで楽しいときを過ごしていたのに、いまはライオネルの背中に隠れ、緊張が走る。

船が浜辺にどんどん近づくにつれ、心臓の鳴る音が高くなっていく。

ライオネルの瞳も、いつになく真剣だ。

「大型船ではないいな」

漁船よりは大きいので、中型だ。

やがて沖に到着すると、滑車で小舟が下り、浜辺へ漕いでくる。しかも数人ほどの男が乗っており、全員が短剣を手にしていた。

まだ二十歳前後の若者もいれば、五十歳近い男もいて、年齢もさまざまだ。しかも全員体格がよく、腕力もありそうだ。

「デッキから人がいるのは見えた。お前ら、なに者だ？」

小舟が浜へと着き、髯を生やした最年長の男が下りて、不審者でも見るような目で問うてきた。

この男たちからすれば、ネイディーンたちが怪しい人物なのだろう。

「いろいろ事情があって漂流してしまったんだ」

「漂流？　ここらの海域で嵐が襲ったのであれば、ケンダル王国の港の天候も悪いはずだ。ここ一か月ほどの天気はよかった。遭難するはずがない」

この男たちは、ケンダル王国から来たのか。

ラウィーニア王国の先隣の国で、真珠が多く獲れることで有名だ。

「俺たちは遭難じゃないんだ」

「じゃあ、なんだ？　まさかお前ら、真珠泥棒か？」

「真珠？　ああ、あれなら……」

「やっぱりそうか！　こんな無人島に、人がいるから変だと思ったんだ」

ネイディーンとライオネルが変だと言うのであれば、この男たちも同じだ。わざわざ無人島を訪れるからには、目的があるはずだ。

「だから事情が……」

「こいつら盗賊だ。やっちまえ！」

くせ毛のような髷を生やし、熊に似た容貌の男のかけ声に、他の船員らも一斉に「オーッ！　イーモンの言うとおりだ」と呼応し、小舟から下りて、手にしていた短剣を振りかざす。

この男の名はイーモンというらしい。

「いや、だから待てよ」

「問答無用だ！」

イーモンが先頭を切り、ライオネル目がけて突進してきた。

「危ない！」

ネイディーンは思わず叫んだが、もちろんライオネルの身を心配してのことではない。危険なのは男のほうだ。

ネイディーンも剣術を学んだからわかるが、男の短剣は握っているだけで、持ち方が悪い。構え方も姿勢がよくなく、素人同然だ。本格的に剣術を学んだわけではないようだ。

おそらく護身用に短剣を所持しているだけなのだろう。

「盗っ人野郎は殺す！」

「だから落ちつけよ」

イーモンが腹部目がけて短剣で刺してこようとする直前、ライオネルは素早く横に避け、片足を投げだした。

「うわっ」

男がライオネルの足に躓き、そのまま砂浜へと倒れてしまう。

「イーモン！」

男たちが、心配そうに仲間の名を呼ぶ。

「ぶほっ、ごほっ、ごほっ、げぇっ」

顔面から倒れたからか、イーモンの全身が砂まみれになっていた。しかも口から砂を吸いこんだのだろう。咳が止まらないようだ。

「ネイディーン！」

ライオネルから名前を呼ばれた瞬間、ネイディーンにはこれが合図だと悟った。

「動かないで！」

ネイディーンはイーモンが倒れたときに手放した短剣を拾い、屈みこむ。そして彼の首筋の手前で、剣先を止めた。

「女、イーモンになにしやがるんだ！」

「タダじゃおかねぇぞ！」

男たちがネイディーンに殺意を向けてくるが、最初に攻撃してきたのは、彼らのほうである。抗議される筋あいはない。

「だから、落ちついてくださらない？　ほんの数分でいいから、夫の話を聞いていただきたいの」

「おっ……と？」

遠い親戚で婚約者と説明するより、相手にわかりやすいと思っただけなのだが、他人の前で夫と形容したことが嬉しかったのか。ライオネルの顔が瞬時に赤くなり、照れ笑いしている。

意外と可愛い面もあるのだと知った。

「あなたたちの仲間、イーモンと言ったかしら？　この人の首から血が流れることになっても知らないわよ？」

ネイディーンはイーモンの首筋にさらに剣先を近づかせた。もちろん傷つけるつもりはない。彼らが大人しくしてくれれば問題はないのだから。

「お、お前ら、攻撃はやめろ。まずはこいつらの話、聞け」

「イーモン！」

男たちがいったん動きを止める。

こんな人質を取るような真似などしたくはなかったが、話を聞いてもらわなくては話が進まない。ネイディーンたちはこの島から脱出しなければならないのだ。

「俺たちは盗っ人や海賊の類じゃない。船内でちょっとした揉めごとがあって、海に放りだされ、この島に漂着したんだ」

「へぇ。そりゃ、ひでぇ話だな」

まずは一番若い男が、ライオネルの話に同情してくれた。

「幸い小屋があったし、誰かが定期的に訪れているのだろうと察して、ずっと浜辺で助けが来るのを待っていただけだ」

「なんだ、イーモンが早とちりしただけか」

男たちから殺意がなくなり、急速に表情も和らいでいく。

「ライオネル。皆さんが状況をわかってくださったのなら、このイーモンという方を人質に取っておく必要はないですよね？」

「そうだな。俺たちは喧嘩したいわけじゃなく、助けてほしい立場だしな」

ネイディーンは短剣をイーモンに返し、すぐにライオネルの横に立った。

「ほんとうに真珠が目的じゃねぇんだな？」

イーモンが立ち上がり、顔や衣服に付着した砂を払っていた。砂だらけにしてしまったのは、気の毒だったかもしれない。

「もちろんだ。いまは金を持ちあわせてないが、帰郷したら、あとで必ず礼はする」

「故郷はどこなんだ？」

「ラウィーニア王国だ」

「先隣の国か。送ってはやれんが、ケンダル王国の港まででいいなら乗せてやる」

「ありがとう。助かる」

これで無人島から脱出し、ラウィーニア王国へ帰ることができる。

両親や友人らとも、生きて再会できるのだ。

「だけどすぐ出発はできねぇぞ。オレたちはこの無人島で仕事があるんだからな」

「仕事？」

「オレたちゃ漁師だ。祖父(じい)さんの代のときだが、偶然この無人島を発見し、小屋を建てて、毎年この時期に三か月ほど仕事している。なぜだかこの島の貝からは、真珠が多く獲れるんでね」

イーモンの説明に、ケンダル王国の真珠が豊富なのは、この島での漁もあったからなのかと、ネイディーンは納得する。

「真珠の採取は、三、四百人体制で漁をするものじゃないのか？」

「だから秘密の場所さ。この少人数でも、たくさん獲れるからな」

それでこの男たちは大儲けしているというわけか。

「牡蠣や貝は食べてしまったが、真珠なら少しだが、別に保管しておいた」

「おお、そりゃあ、ありがたい。ちょっとは助かる。礼はいいから、タダで乗せてやるぜ。食料も小麦粉や干し肉、野菜、ビスケット、ドライフルーツと、たくさん積んであるしな。ふたり増えたくらい、どうってことない」

「感謝する」

交渉成立し、これでひと安心するも、まだ問題が残っている。

獲った真珠を全部この漁師たちに渡してしまったら、ケンダルからどうやってラウィーニアまで帰るというのだ。

「旅費はどうするのですか？」

ネイディーンはライオネルの耳元に近づき、小声で話しかけた。

「大丈夫だ。その分は別に隠してある」

それなら心配はない。きっと無事に帰国できるだろう。

イーモンらとも打ち解けてみれば、意外と好意的だ。もし彼らが漁をした直後に、ネイディーンたちが漂着していたら、この無人島で一年も過ごすことになっていたのだ。

彼らには感謝しかない。

イーモンたちとの話しあいで、帰国まで共同生活することになり、ネイディーンとライオネルも手伝うことになった。

ライオネルは貝の採取をし、ネイディーンは水汲みだ。

しかし人数が増えた分、汲む量も多くなる。水が流れている岩までの往復が増え、はたして体力が持つか不安だ。

「海に潜って貝を採取できるってことは、あんたらも漁民か？」

イーモンが船内に積んである小麦粉の袋を肩に担いだ。

まずは食料や必需品を小屋まで運び、明日から採取を始めるのだそうである。

他の男たちも次つぎと荷物を運びだしていく。

ライオネルもジャガイモの袋を担ぎ、ネイディーンは軽いビスケットやドライフルーツの入った箱を両手で持ち、船から下りて、小屋へと向かった。

「俺は育ての爺さんが漁師だったんだ。爺さん亡きあと軍隊に入ったが、いまは仕事を替えた」

除隊後は帰国して王族に戻ったとなると、話が面倒になる。ここは転職と言っておくのが無難だと、ライオネルは判断したのだろう。

「なんか事情がありそうだな。奥さんも漁師の娘かい？」

「いいえ、わたしはごく一般的な……家庭で育って」

正確には、一般的な公爵家が正しいのだが、あえて省略する。無人島に王太子や公女がいるなど、誰も信用しないからだ。

「じゃあさ、いつも当番制にしているんだが、オレたちが海に出ている間、奥さんが食事の支度してくれねぇか？　その分、採取に人が回せるしよ。早く仕事が片づく」

「わたしが？」

慈善活動をしていたから、包丁は扱える。しかしネイディーンに作れる料理は一品しかない。

「ネイディーンはシチューしか作れないんだ。食事なら俺が作る」

「シチューは作れるのに、他はできねぇのか？　変わっているな、あんたの奥さん」

イーモンの呆れたような口調に、ネイディーンは口を曲げた。

庶民と違い、公女が料理する機会などない。一品も作れない王族や貴族が多いのだから、ネイディーンはまだよいほうだ。

「ま、いいさ。水汲みも大変だしな。今日の夕飯からがんばってくれ、奥さん」

二往復するだけでひと休みしているというに、それが八人となり、四倍も増えたのだ。何回往復すればいいのか、ネイディーンは考えるだけで疲労しそうだった。

第九章　帰還して愛して

無人島に来たケンダル王国の漁民は単純で、短気な性格に見えたが、話してみれば気さくな人柄で、好感が持てた。

水汲みの往復も増えたが、彼らが交替で手伝ってくれたため、それほど苦にはならなかった。

イーモンたちがさまざまな食材を持参していたお蔭で、スープには干し肉が入るようになった。

ドライフルーツも分けてもらい、久しぶりの香ばしい匂いを味わった。口の中でじゅわっとした味が広がる。

「肉やフルーツが、こんなにも美味しかったなんて」

材料が増えただけで、料理というのはここまで変化があるものなのかと、感動すらした。

夜になると、ネイディーンはライオネルと船内で寝させてもらった。女性はひとりだけだったから、イーモンたちが気をつかってくれたのだ。

ライオネルとふたりだけのときは長かった一日も、大勢いることによって仕事量が増え、話題が盛りあがり、あっという間に時間がすぎる。

フレデリックが原因で無人島生活をすることになり、複雑な心境ではあるが、貴重な体験だったかもしれない。

真珠も目標の量を採取できたところで、ようやく帰国の目途(めど)がたち、ネイディーンとライオネルは安堵した。

離島後は数日かけてケンダル王国の港に到着し、イーモンたちと別れ、ここでひとまず滞在することになる。

まずこの港町の店で、ライオネルが所持していた真珠を金に換え、当面の生活費と旅費は確保できた。

新しい衣服も購入することにした。船には針と糸があったから、借りて、綻んだ箇所は縫ったが、汚れが目立っているのだ。

しかも櫛で梳いていないバサバサの髪、肌も日焼けで赤くなっており、下町の住民より酷い格好になっていた。

ライオネルが帰国したときの姿と重なる。薄汚れた姿というのは、苦労した証なのだ。

「早く出発できるとよいですね」

ネイディーンは部屋の窓から港を眺めながら呟く。

「そうだな」

船は天候と風向きの様子を見てからとなるから、いつ出航するかは未定だ。

港の安い宿に泊まり、無人島にいたときのように、ふたりきりの時間を過ごした。

帰国後は、また侍従や侍女らに囲まれる生活に戻るわけだから、こうしてのんびりとするのも悪くはない。

そしてようやく出航の日が来て、ラウィーニア王国の港へと到着した。そのあとは、荷馬車を乗り継ぎ、王宮へと向かう。

王都入りしたあと、ここでも幸い王宮の厨房へ搬入する野菜を載せた荷馬車が通ったため、ネイディーンとライオネルは「俺たちも王宮に用事がある。礼はするから乗せてくれないか？」と言って頼むと、すんなり了承してくれた。

少しでも早く到着したいだけに、運よく通りかかって、大助かりである。

見知らぬ集団に攫われてから、四か月以上は過ぎてしまっているのだから。

「あんたたち、王宮になんの用事なんだい？　誰か知りあいが働いているのかね？」

この荷馬車を引いている小柄な中年男性が、ネイディーンたちに興味を持ったのか、質問してきた。

「ああ、そうだ。身内が働いている。ちょっと急ぎの用件があってね。会いたいんだ」

実際、王宮内で仕事をしている王族は、全員が親戚である。しかも君主である国王はライオネルの父親であり、必ず会わなくてはいけない人だ。

「実は王宮の厨房で働いている末娘から教えてもらったんだがね。宮殿内じゃ、とんでもねぇ騒動が起きているらしいよ」

「騒動って？」

ネイディーンは訊き返すが、だいたいの想像はついていた。ライオネルも同じだろう。

「やっと本物の王太子殿下が見つかったと思ったら、実は偽物でしたって手紙が届いたらしくてね。陛下が激怒され、『あの偽物を捜しだし、予の前に連れてこい』と、国中に号令をかけたんだとさ」

「まあ！」

やはり国王は、手紙の内容を信じてしまっている。

これではネイディーンが事実を説明したところで、信用してもらえるだろうか。

「おまけに親戚の公女さままで連れ去ったらしくって、両親の公爵ご夫妻が心労で寝こんだのだとか」

「お父……公爵ご夫妻が？」

両親にはさぞかし心配をかけたことだろう。すぐにでも飛んで帰って無事であることを報せたいが、まずはライオネルが本物だと証明するほうが先だ。

「クラレンス公爵はどうしているか聞いてないかしら？」

「クラ……？　誰だね？」

庶民の間では、直系以外の王族の名を知らない者など珍しくはない。人数も多いから、傍系まで覚えきれないのだろう。

「亡き王弟殿下のご子息よ。王太子殿下がお戻りになられるまでは、次期国王と称されていた方」

「ああ、あの方も長いこと屋敷を留守にされて、連れ去られた公女さまを捜していたって話だがね」

フレデリックは自分が疑われないように、一生懸命に捜索する振りをしていたのだろう。

ネイディーンは未だに腹立たしさを感じるが、ここは感情を抑えなければならない。

「もうすぐ王宮の正門だよ。どうするね？　こっちは厨房に野菜を運ばないといけないから、裏門まで回るけれど」

「ありがとう。正門近くで下ろしてくれないか？」

「いいよ、わかった」

ネイディーンはライオネルとともに正門から少し離れたところで下り、謝礼を払う。

男は金を受けとると、そのまま裏門へと向かっていったが、ネイディーンたちは違う。

王太子と公女なのだから、堂々と正門から入るのが筋だ。

「行くぞ」

「はい」

ネイディーン自身は王宮内の誰もがニューエル公爵家公女と認めてくれるだろうが、問題はライオネルだ。

先ほどの男の話では、肝心の国王が疑っているのだから、他の重臣も同じ意見だろう。

ネイディーンはいざとなったらフレデリックのことを話すつもりでいるが、アメリアのことを考えたら、なるべく避けたいところだ。

「ラウィーニア王国国王ニールス陛下第一王子ライオネルが再び帰還した。門を開けよ」

正門の前で警護にあたっている兵士らを前に、ライオネルはよく響く声で命じる。

「わたしはニューエル公爵家公女ネイディーンです。国王陛下にお目どおり願います」

突然、行方をくらましていた王太子と連れ去られた公女が現れたことで、門兵らが、仰天している。

「お、お、王太子殿下っ？」

若い門番が口を大きくして驚く。

「いや、待て。王太子は偽物で、おたずね者になっているはず」

冷静な同僚の門番が、不審そうにライオネルに目を向けていた。

「しかし公女さまは本物じゃないのか？」

「とにかく出仕している重臣方にご連絡を！」

若い門番が大慌てで、宮殿内へと走っていく。このあと侍従、重臣、国王へと伝達されるのだろう。

「とりあえず重臣との面会はできそうだな」

「問題は国王陛下です。仮に重臣方がライオネルを王太子と認めても、肝心の陛下が否定されたら……」

「父上は絶対に俺を信じてくださる。大丈夫だと言っているだろう？」

どこからその自信が来るのか。ネイディーンには無事に到着できた安心感より、ライオネルが偽物として処罰されないか、不安のほうが大きかった。

「おふた方とも、こちらへ」

戻ってきた門番から促され、ようやく宮殿内に入ることが許された。

今日は幸いにも多くの重臣が出仕しており、ネイディーンたちはまず彼らと対面することになった。

互いに見知った顔だ。特に宰相は王族のひとりだから、ネイディーンとも遠い親戚関係にある。

「確かに、この女性はニューエル公爵家のご息女ネイディーン公女に相違ございませんな」

宰相がネイディーンを本物と認めると、他の重臣も同意の意味で頷く。

「だが、こちらは……」

重臣が険しい目つきになり、ライオネルに視線を向けていた。

「俺は本物の王太子ライオネルだ」

ライオネルも重臣に負けてはいない。正真正銘の王太子なのだからと、威風堂々としている。

「しかしあなたご自身が『自分は偽物だ』と、陛下に手紙を送られたのではありませぬか。我らも読ませていただきましたが、あの筆跡は間違いなく、あなたさまのものにございましょう？」

ライオネルが偽物という前提で話を進めている割には、宰相の言葉づかいが丁寧である。万が一、本物であったときのことを考え、とりあえず王太子として接しようとしているのだろう。

「この方は本物のライオネル殿下です。わたしを攫った者たちは別にいて、殿下ご自身も巻きこまれただけなのです」

ネイディーンも必死になって説得しようとするが、宰相らの怪訝な顔つきが変わることはない。

「しかしですな。手紙をお読みになられた陛下も大そうご立腹でいらっしゃる。もう一度、あなたが本物だと名乗られても、はたして陛下が信用されるかどうか……」

宰相の言葉に、他の重臣もまた一斉に首を縦に振る。

「宰相閣下のおっしゃるとおり。本物か偽物か判別できぬ方には、地方の片隅で静かにお暮らしになられてもよろしいわけですし」

メイシー伯爵が冷めた口調で言う。

「次期国王ならクラレンス公爵を始め、王位継承権をお持ちの方はたくさんおられる。こちらの宰相閣下も王族であるわけですし、血筋が絶える心配もないですから。ここは相応しい人格の方が王位を継がれたほうが……」

ブランドン伯爵も淡々とした言い方だった。

彼らにしてみれば、国王が病床にある中、一から王族としての勉強をし直しているライオネルより、フレデリックが即位したほうが、都合がいいのだろう。

なんとかしてライオネルを遠ざけたいというのが見え見えだ。

「攫われたわたし自身がライオネル殿下ご本人に間違いないと、申し上げているではありませんか。まずは国王陛下にお目どおり願います！」

ネイディーンが叱責するかのようにきつく願いでると、宰相がしばらく考えこんでいた。

ここでライオネルを追いだすか、国王に会わせるか判断に迷っているのだろう。

「いずれにしても、陛下ご自身が『偽物を捜しだし、予の前に連れてこい』と命じられておりますからな。会わせねばなりますまい」

「感謝しますわ、宰相閣下」

宰相が正しい判断をしてくれて助かった。

まずは国王と直に対面し、フレデリックに罪が及ばないように経緯を話し、信じてもらうしかない。

「では、おふた方ともこちらへ」

宰相に案内され、他の重臣とともにネイディーンたちは国王の寝室へと行く。

本来であれば、謁見の間での対面になるのだが、国王自身が療養中だ。ライオネルが帰国したときと同様、寝室での再会となる。

まずは宰相が、国王にライオネルとネイディーンが戻ってきたことを告げるために、寝室へと入っていく。

二、三分ほどして、すぐに出てきた宰相が扉を開けたまま、ネイディーンたちに「お入りください」と、手を寝室の奥へと向ける。

はたして国王はライオネルを信用してくれるだろうか。

ネイディーンは喉を鳴らし、緊張のあまり全身に汗が滲んできた。

「父上、ライオネルです。ご心配をかけ、申し訳ございません」

「国王陛下、ニューエル公爵家のネイディーンにございます。王太子殿下ともに、無事戻りました」

国王の寝室に入るのは、王太子妃候補の話があったとき以来である。

「よく戻ってきたな……」

国王がゆっくりと上半身を起こし、怒っているのか、喜んでいるのか、まったく区別がつかない言いようをした。

ただ、体型が以前より痩せ細っているということはわかる。

ライオネルが再び行方不明となり、心配のあまり食欲がなくなっていたのか。あるいは偽物だという内容の手紙を信じて、落胆してしまったのか。

「父上……」

「無事でよかった。我が息子ライオネル」

両手を伸ばし、息子を温かく迎えいれようとする国王に、ネイディーンと重臣全員が驚嘆した。

「二度も心配をおかけしてしまいました」

「よい。そなたがこうして無事だったのだからな」

目を潤ませ、愛する息子を抱きしめる国王の姿に、ネイディーンもつい涙が零れそうになる。

国王はライオネルの言うとおり、怒っていなかった。むしろたったひとりの息子のことを心底信じていたのだ。

「陛下。せっかくの再会に口を挟み、申し訳ありませぬが」

「なんだ、宰相？」

「陛下は例の手紙をお読みになり、大変ご立腹であられたはず。いったい、どういうことにございますか？」

これにはネイディーンも宰相に同感だ。他の重臣も同じだろう。

感動の父子対面のところで悪いのだが、その場にいた全員が、国王から説明してもらわなければ納得できない状態にある。

「ライオネルから届いたこの手紙だが、予はすぐに内容がデタラメであると察した」

国王が枕元に置いてあった手紙を重臣一同に差しだし、重臣らは一斉に覗きこんだ。

これがどうして嘘であったとわかるのか。

「陛下、これのどこがデタラメだと？」

宰相らが首を傾げている。ネイディーンもだ。

「この手紙のサインで、ライオネルが伝えたいことがわかった」

「サインがなにか？」

宰相が訊き返した。

「ルの子音の留めが撥ねているであろう？　これはライオネルが七歳のとき、予が教えておいたメッセージなのだよ」

「メッセージですと？」

こんな字の撥ね方で、どういう意図のメッセージがこめられているというのか。

「王太子たる者、いつ、どこでその身を狙われるかわからぬからの。幼いころから、父である予とふたりだけしかわからぬ暗号や隠語をいくつか教えておいたのだ」

ああ、だからなのかと、ネイディーンは理解する。

七歳のときに教えこまれた父子だけの秘密のメッセージなら、誘拐される以前の話だ。

今回、手紙に父子にしかわからないサインをしておいたことで、完全にライオネルが本物の王太子であることが証明された。

「たとえばラの子音の書き始めが撥ねていたら、『大丈夫、問題ない』もしくは『すべて正しい』という意味。ルの子音なら、『全部が嘘。自分の身が危機的状況にある。助けてほしい』というメッセージだったのだよ」

「しかし陛下は当初、大そうお怒りになり、この手紙の内容を信じていたではありませぬか。なにがなんでもあの偽物を捕らえ、王宮に連れてこいと」

「すべて演技だ」

「演技？　あの激しい怒りには、体調が悪化するのではないかと、我らもどれだけ心配しましたことか」

周囲が騙されるほど、国王の演技が役者並みだったのだろう。

今度は宰相や重臣らがすっかり騙されたと、苛立ちを隠せないでいる。

「いや、すまぬ。ライオネルを助けるためには、表向きは手紙の内容を正直に受け止め、怒っている振りをしたほうがよいと判断したのでな」

賢明な判断だ。もし国王がすぐにライオネルからのメッセージを明かしていたら、フレデリックがどう出てくるかわからないところだった。

「それで、ライオネル。此度(こたび)の件の真相を話してはくれぬか？」

「はい、父上」

いよいよだと、ネイディーンは拳を握る。

ライオネルがどう対処するつもりでいるのか。将来の国王として、ある意味、興味深いところである。

「ネイディーンを攫い、俺を誘きだした連中は、俺の昔の同僚ですよ」

「同僚？　帰国したとき、遠国で兵士をしていたと言っていたが、そのときのか？」

「はい。紛争が絶えない地域でしたし、嫌気が差して脱走する兵士も大勢いました。そのうちの何人かが、この大陸へと渡ってきたようでして、俺のことをどこかで偶然見かけたようなのです」

ライオネルは首謀者を、架空の人物にするつもりでいるのか。

「こちらで再会したのであれば、喜びあうものではないのか？」

「まさか。彼らからすれば、自分たちは脱走兵で、この大陸に来るまでの旅費を使いはたし、放浪生活をしているというのに、同じ一兵卒だった俺は王太子。この違いはなんなのだと、妬んできても不思議はないでしょう？」

犯人たちを曖昧な人物にしてしまえば、真相もうやむやになる。フレデリックに疑いをかけないようにするには、架空の仲間がやったことにしておけば、丸く収まる。ライオネルはそう考えたわけだ。

「その者たちはどうした？」

「俺とネイディーンを船で無人島へ置き去りにしたあと、どこかへ逃げ去ってしまいました」

「お前たちは、どうやって戻ってきたのだ？」

「ケンダル王国の民が年に一度、その島で漁をしていたのです。彼らに救出してもらって、なんとか戻ってこられたというわけです」

最後だけは事実だ。これで辻褄が合うが、国王や重臣らは信じてくれただろうか。

「ふたつ質問があるのですが」

宰相が疑問を投げかけてきた。

ネイディーンは冷や汗が出そうになるが、ライオネルは澄ました表情をしていた。どのような問いにも、上手く答えられる自信があるのだろう。

「俺の話に矛盾でも？」

「大ありです。その同僚は旅費を使いはたしたのでございましょう？　よく船が用意できましたな」

船に乗るだけでも金がかかるというのに、借りるとなると、富裕層でないと支払えない。

小舟すら購入するのも難しい。

ネイディーンはどうすればごまかせるのかと、拳を握る。

「所有者を脅したんじゃないのか？　そこは俺も知らん」

ライオネルは不都合な部分について、とぼけるつもりか。

「もうひとつ。王族を誘拐したのであれば、王宮に身代金を要求してもよさそうなものですが？　ましてや金に困っているのであれば」

他の重臣も「言われてみれば、そうだな」と、互いの顔を見あわせていた。

「…………！」

まずい、とネイディーンは唇を噛む。これにはどう返せばいいのか、考えが浮かばない。

「同僚には『王族を誘拐したら、処刑されるぞ』と脅したら、顔面蒼白になっていたからな。金銭の要求は諦めたんだろう」

ライオネルはあくまで架空の犯人について、「詳細は知らない」ということで通すつもりでいるのだ。

なんという図太い神経だろうと呆れる反面、したたかな性格をしていると感心もした。

それならば話を合わせようと、ネイディーンもひと言つけ加える。

「犯人に問わなければわからないことを、わたしたちが答えられるはずがありませんわ」

「それはそうですが……」

宰相は腑に落ちないようだが、国王が本物だと認めているのだから、これ以上問うことはできないだろう。

他の重臣も口を開くことはなかった。

「ライオネル」

「はい」

国王がライオネルに目を向ける。

「ネイディーン」

「はい」

次にネイディーンにも目を向ける。

「そなたたちを攫った流れ者をなんとしてでも捜しだし、厳重に処罰しよう。そのための費用を惜しまぬつもりだ」

「いいえ、父上。彼らはとっくに遠方の国にでも逃げ去ったことでしょう。その費用は、生活に苦しんでいる民のために役立ててください」

もし本格的に捜査されたら、どこで矛盾が生じるかわからない。ここは早々に終結させたほうがいいと、ライオネルは判断したようだ。

「陛下。わたしも犯人のことは許せませんが、無事に帰ってくることができたのですから、すべて水に流してくださいませ」

フレデリックが雇った流れ者がまだ国内に潜んでいる可能性はある。彼らが次つぎと捕まっていったら、最後は首謀者に辿りつき、誰が真犯人か判明する。

そうなったら大罪人の妹となってしまうアメリアが気の毒すぎる。

「被害者であるそなたたちがそう言うのであれば、今回に限り不問に付そう」

国王のこの言葉に、ネイディーンはライオネルとともに胸を撫で下ろした。

「ありがとうございます、父上」

「感謝します、陛下」

これでフレデリックが罪に問われることはない。真相は闇の中へと消えていく。

「おお、さすが王太子殿下であられる」

「確かに、どこへ消えたかわからぬ犯人捜しには、莫大(ばくだい)な費用がかかる」

「その費用をすべて民のために使うとは、生まれながらに王太子であられる方はさすがに違いますな」

次つぎライオネルを褒め称える宰相や重臣に、ネイディーンは開いた口が塞がらなかった。

つい先ほどまでライオネルを疑い、王太子として相応しい人格がどうとかまで嫌みを言っておきながら、完全に本物だと証明された途端、この態度である。

「まったく……」

いろいろと文句を言いたいが、せっかく温和な空気が流れているのだ。ましてや病床の国王もいる。

ここで宰相や重臣と口論することはないと、ネイディーンはぐっと言葉を呑みこんだ。

「ライオネルにはまた離宮に戻って、王太子として勉学に励んでもらうことにする」

「承知いたしました、父上」

これは当然のことだろう。ライオネルはまだ学ばなければならないことが山とある。

「ネイディーン、そなたはどうする？　教師の話では、妃教育も大方終えたとのことだし」

「わたしは一度、ニューエル公爵家へ帰ります」

事件が終わった以上、寝こんでいる両親を安心させたい。

「そうだな。公爵もそなたが行方知れずとなって以来、王宮には一度も出仕してこぬ。精神的に参っているのであろう。予もその気持ちはわかる。すぐに帰るがよい」

「ありがとうございます、陛下。落ちつきましたら、離宮に赴き、ライオネル殿下をお助けいたします」

「うむ。馬車の準備をさせよう。その間、控えの間にて休むがよい」

「お心づかい、感謝いたします」

ネイディーンは一礼し、国王の寝室から下がる。

少し離れた場所に、壁に凭れ、両腕を組んでいるフレデリックが立っていた。

「フレデリック……」

「君、無事だったんだね」

その涼しげな顔を見るだけで、腸が煮えくり返りそうになる。

ネイディーンは無視して通りすぎようとしたが、フレデリックに片腕をつかまれてしまう。

「待ってくれ。伯父上との話はすべて聞いた。扉が開いていたから、よく聞こえたよ」

「そう。ならば用はないでしょう？」

「まだ話がある」

ネイディーンはフレデリックの手を払おうとしたが、すぐにやめた。

ここで騒ぎになっては、せっかく上手くごまかせたことが水の泡になる。

「わかったわ」

フレデリックには憤っているし、二度と会いたいとは思わない。

ただ真相を永遠に隠しておくからには、第二王位継承者の立場にある者と仲違いするのは好ましくない。

もし王太子夫妻がフレデリックと敵対したら、宰相らがどちらの味方をするかはわかっている。

どんなに怒りが収まらなくても、フレデリックを敵に回してはならないのだ。

「それで話とはなんでしょう？」

ネイディーンは控えの間に入ると、ソファには座らず、扉のそばに立った。

「まずは座ったら？」

「馬車の用意ができたら、すぐに帰るわ」

フレデリックからなにかされたときのことを考え、とっさに逃げられるように、扉近くに立っているのだ。

下手に腰かけては危険である。

「さっきから冷たい態度だね」

フレデリックからの言葉に、ネイディーンは苛立った。

「あなた、自分がなにをしたかわかっているの？」

「わかっているよ。僕を見ない君などいらないから、海に放り投げた」

「だったら……！」

哀しそうな目をして見つめてくるフレデリックに、ネイディーンはわざと視線をそらす。

恨まれても仕方がないことをしたのは、フレデリックだというのに、まるでこちらが責められている気がしたからだ。

「時間もないし、手短に話そう。なぜ君たちは伯父上に事実を話さなかった？」

「タガード帝国皇帝との縁談が進んでいるアメリアのためよ。真実を打ち明けたら、あなたは死罪。アメリアは破談となり、隠遁生活を送ることになるわ」

「なるほど。でも、それだけではないんだよね？　僕が決して王位に興味を示さず、忠実にライオネルに仕えていれば、宰相は僕を担ぎだそうとはしない」

さすが幼いころから、友人関係を築いていただけある。ネイディーンの考えなど、見通しているというわけか。

「そうよ。ライオネルには、あくまで『友人であるアメリアのために、フレデリックの罪を問わないでほしい』と頼んだけれど、本音はあなたの言うとおりよ」

今日の宰相の態度を見て、この措置で正解だった。

彼らは粗野な王太子が王位を継承し、臣下として仕えるのがいやなのだ。

代替わりした途端、ライオネルを君主に適さない者として幽閉し、廃位させ、フレデリックを即位させるだろう。

いくら国王といえども、重臣全員が謀叛（むほん）を起こせば、その地位を追われる。七代前の国王が暴君という理由で、強制的に退位させられたことがあった。

だが、フレデリックがライオネルに忠実で、なおかつ王位に興味がなければ、宰相も行動を起こすことはしないはずだ。

ライオネルの地位を安泰させるためには、フレデリックの存在は必要不可欠なのだ。

「君は宰相になりたかっただけあって、賢い女性だね、ネイディーン」

「褒め言葉として受けとっておくわ」

国王が王太子妃には同族の公女をと望んだのも、もしかしたら重臣の思惑を察していたのかもしれない。

身内の公女が王妃となり、夫である国王を手助けできれば、体面を取り繕うことはできる。

「フレデリック。ライオネルはあなたのことを兄弟同然に思っているわ」

「僕もだよ。君がライオネルに惹かれることさえなければね」

「もう二度とライオネルを裏切ることはしないで」

「…………」

ネイディーンからの頼みに、フレデリックからの返事はなかった。

承知したのか、あるいは否とも受けとれるような、複雑な表情をしているだけだ。

「わたしは公爵家へ戻るわ。しばらく会わないでいましょう。そして今度は、わたしたちの結婚式のときに会いましょう」

「僕に参列しろと？」

「従兄弟のあなたが出席しないのは、王族臣民すべてから変に思われるわよ？」

「…………」

王太子の結婚に、病気でもないのに国内の近親者が参列しないのは、不敬と受けとめられかねない。フレデリックへの印象が悪くなるはずだ。

「わたしたちの結婚式をしっかり目に焼きつけて。そして、わたしのことは諦めて」

「ネイディーン、僕はずっと君のことを見てきたんだ。それなのに、長い間行方不明だったライオネルのどこに惹かれたの？」

「ライオネルは他にも妃候補の公女たちがいたというのに、最初からわたししか見ていなかったと言ってくれたわ。一途に愛してくれているの」

「僕も長年、君の成長を待っていた。ずっと妻にしようと決めていた。もっと早く告白するべきだったよ。だけど君は宰相になりたいと言っていたから、躊躇っていた」

もしライオネルが帰郷する前に、フレデリックから求婚されていたら、ネイディーンはどう返答しただろう。

受け入れたか否かはわからないけれど、きっと悩み、よく考えた上で、結論を出していたはずだ。

「ネイディーン、僕は……」

「挙式後は友人に戻りましょう」

まだ結婚式どころか、正式な婚約発表すら未定なのだから、今度フレデリックに会うのは、少なくとも一年以上はあとになるだろう。

ネイディーンからしたら、怒りが収まるまでの時間が必要だし、フレデリックにとっては心の病を癒やすのに十分だと言える。

「わかったよ。元の関係に戻ろう。そしてライオネルが即位したときは、国王の従兄弟として、彼を支えると約束する。二度と君たちを裏切らない」

「信じているわ」

一度裏切られたからには、もしかしたら二度目もあるかもしれない。

でもフレデリックはライオネルの帰国を心から歓迎していた。

ネイディーンの慈善活動にも根気よくつきあってくれた。

友人として、フレデリックを信じたい。


ようやく懐かしのニューエル公爵家へと帰ると、体調を崩していた両親はネイディーンを温かく抱きしめ、涙を流してくれた。

そして行方不明になった経緯は、ライオネルが国王や重臣に説明したことをそのまま話した。

「ネイディーンが無事に帰ってきたのだ。それでよい」

「ええ、そうですわね」

「ずっと屋敷内で暗く過ごしてきたからな。ここは派手にお祝いしよう」

それから数日後、ネイディーンが無事に戻ってきたことを祝い、身内や親しい人を招き、午後から庭でパーティを催した。

集まった招待客の多くが、行方不明となったライオネルとネイディーンを必死に捜してくれた者たちなのだという。

「本日は無礼講だ。どんどん食し、飲んでいかれるがよい」

父の乾杯の音頭とともに、ネイディーンが無事に戻ってきたことを祝い、招待された客たちから拍手が湧きあがった。

「王太子殿下とわたしのために、懸命に動いてくださり、皆さまほんとうに感謝いたしますわ」

続けてネイディーンも客たちに礼を述べた。

もちろんネイディーンの友人たちも集まってくれた。彼女たちも必死に捜索にあたってくれたのだという。

個別に客たちへの挨拶を済ませたあと、まずは果物を口にしていたアメリアのもとへ行く。

「アメリア」

「ネイディーン！」

再会を喜びあい、互いに抱擁する。

こうして友と抱きあうことで、改めて生きて帰ってこられたのだなと実感する。

「ほんとうに心配かけてしまったわね」

「ケガひとつなく、よかったわ」

ライオネルとふたりきりの無人島生活も悪くなかったが、やはりこうして家族や友人に囲まれ、もとの暮らしに戻るのが一番よい。

「もうダメかと思ったけれど、王太子殿下といっしょだったし、とても心強かったから」

「そうだったわね。しかも婚約が内定したのですってね。おめでとう、ネイディーン」

「ありがとう、アメリア。あなたの幸せも願っているわ」

アメリアは父親や兄であるフレデリックがライオネルにしたことを、まったく知らなさそうだ。

ネイディーンはそれでかまわなかった。アメリアはもうすぐ他国の君主に嫁ぐ。真相を知らないまま結婚するほうが幸せだ。

「お兄さまも今夜は来る予定でいたのだけれど、急に頭痛がすると言って。あなたのことが好きだったみたいだから、きっとショックだったのね」

「かまわないわよ。フレデリックには、ゆっくり休んでと伝えておいて」

おそらくフレデリックの頭痛は仮病だろう。いまはそれでいい。離れている時間が必要なのだから。

「わたしたちだって、とても心配したのよ、ネイディーン。どれだけ捜したことか」

シェイナがワイングラスを手に、ネイディーンとアメリアの話に入ってくる。

「兵士たちだけに任せておけなかったものね」

「屋敷で大人しく報告を待っているなんて、落ちつかなかったもの」

コーネリア、エレインも続けて入ってきた。

彼女たちもほんとうにネイディーンの身を案じてくれていたのだろう。

離宮から立ち去ったときは冷たい友情と嘆いていたが、危険に曝されたときはこうして協力してくれる。

改めて頼もしい友人たちだと見直した。

「ほんとうに、ありがとう。あなたたちにも礼を。シェイナ、コーネリア、エレイン」

離宮では一日と経たず退散してしまった三人だが、お蔭でライオネルと結ばれることができたのだ。いまとなっては感謝の言葉しかない。

「わたしたち、さっさと離宮から帰ってしまったものね」

「あの殿下を押しつけて」

「あなたの危機には、駆けつけるくらいしないと」

シェイナ、コーネリア、エレインの三人はネイディーンを置いて帰ったことに、後悔しているような素振りをしていた。

「そうね。でもわたしのために動いてくれたのですもの。これで帳消しよ。それよりわたしが王太子妃となり、王妃となったときには、あなたたち三人とも相談役として、しっかり働いてもらいますからね」

これにはシェイナたちも、早々に退場してしまったからやむを得ないとばかりに、苦笑いをしながら頷いてくれた。

ライオネルにはひとりでも多くの味方が必要だ。彼女たちも友人として、力になってもらうつもりだ。

「あら？」

「どうしたの、シェイナ？」

「ざわついているけれど、誰か特別なお客さまでもいらしたのかしら？」

今日は捜索にあたってくれた者たちへの労いのためのパーティだ。注目されるような客がいただろうか。

「クラレンス公爵に似ているけれど、あの方は！」

コーネリアがびっくりして、ネイディーンの肩に手を置く。

「あれは……」

集まった客たちをかき分け、誰かを捜すかのように、藍色の軍服に身を包んだ青年が姿を現した。

ボサボサだった髪を整え、背筋をまっすぐに品よく歩いてきた。

「ライオネル！」

髪や目の色こそは違うが、正装姿のフレデリックとよく似ている。こうして身なりを整えれば、やはり従兄弟同士のことだけはある。

いくら婚約が内定しているからとはいえ、王太子が臣下の屋敷のパーティに訪れるなどあり得ないことだ。

「王太子殿下ではございませぬか！」

ライオネルに気づいた父が、慌てた様子で出迎える。

「突然すまない、ニューエル公爵。俺とネイディーンの捜索をしてくれた者たちへのパーティを開くと、侍従から聞いてな。俺も入ってかまわないか？」

「もちろん、殿下は娘と婚約予定なのですから」

「ありがとう」

ライオネルは微笑みながら礼を言うと、招待客全体をゆっくりと見回していた。

気品の漂った表情でひとりずつ目を合わせ、見つめられた者たちが「はあ……」と感嘆の息を漏らしている。

「あれがライオネル殿下なの？　以前とは全然違うわ」

アメリアたちもまた憧憬の念を抱くような眼差しで、ライオネルを見つめていた。

あれほど嫌悪していたというのに、どういう心境の変化なのだろう。

「飛び入りで訪ね、驚かせてしまったな。どうしても皆にひと言礼を述べたかったのだ」

その場にいた者は全員が静まり返り、ライオネルの話を聞こうと耳を傾けている。

「皆も知っていようが、今回のことは私の元同僚がささいな嫉妬心で起こした事件であり、そのためネイディーン公女までも巻きこんでしまった。私たちふたりのために、懸命に捜索してくれたことに感謝を述べたい。ほんとうにありがとう」

そしてライオネルはネイディーンに顔を向け、すぐに首を縦に振った。自分の隣に立ってほしいという意味だ。

ネイディーンはそっと歩み寄る。

「私は長い間、王室から離れ、王太子としての教養を失い、現在それらを取り戻すべく勉学に励んでいるところだ。修了した暁にはネイディーン公女と婚約する予定でいる。今後もこのラウィーニア王国臣民のため、皆、私たちに力を貸してほしい」

ライオネルは訛りのない発音で、なおかつ威風堂々と挨拶をし、客たちを虜にしていた。

王太子が自分の現状をきちっと伝え、それでいて臣民に協力を求めている姿に、大勢の人びとが心を奪われている。

「王太子殿下」

まずは父が真っ先に応えようと、一歩前に出る。

「無論にございます。ここにいる多くの者は、この先殿下をお助けいたしましょう」

父の言葉に同意するかのように、全員が一斉に拍手をし始めた。誰もが王太子ライオネルに忠誠を捧げると態度で示したのだ。

「ありがとう」

ライオネルは礼を言うと、客たちの中に交じり、ひとりずつに声をかけ、コミュニケーションを取っていく。

自分を支えてくれる臣民との交流がいかに大事か、よく理解しているのだ。

「ねぇ、ネイディーン」

頬を染めているシェイナたちから呼びかけられ、ネイディーンは振り返る。

「なに？」

「ライオネル殿下、すっかり見違えたわ」

「毎日、離宮で教育されているもの」

ライオネルが長年王太子としての矜持を失うことがなかったからこそ、王族としての自分を取り戻すことができているのだろう。

「わたし、もう少し考えるべきだったかしら？」

「シェイナもそう思った？」

「あら、わたしもよ」

コーネリアとエレインも続けて言う。

「いまの殿下なら、なにも文句ないわよね」

「ちょっと、シェイナ。コーネリアとエレインもよ。いまさらなにを言っているのよ？」

まさかこの三人は、もう一度王太子妃候補にしてくれと訴えるつもりなのか。

「殿下が素敵になったな、と思っただけよ」

「ネイディーン、心配しなくていいわよ」

「シェイナとコーネリアの言うとおりよ。わたしたち、殿下とあなたの邪魔をするつもりはないから」

三人揃って作り笑いをしているところを見ると、本気で惜しいことをしたと思っていたのではないだろうか。

ネイディーンたちをケンダル王国の港まで乗せてくれた漁師たちについては、ライオネルから国王へ説明があり、王室から金銀を届けたという。

きっと漁師は、いまごろ驚いていることだろう。

「さて、と。そろそろわたしも王太子殿下のところへ戻らないと」

あのパーティのとき、ライオネルは他の客への挨拶回りで忙しく、ネイディーンとはゆっくり話ができなかった。

ネイディーンは「落ちついたら、離宮へ行きます」とだけ告げ、その日は別れた。

それから一週間ほど経ち、ようやくライオネルのもとへと戻ってきた。

「ようこそおいでくださいました、ネイディーン公女さま」

「出迎え、ご苦労さま」

老侍従を始め、離宮に仕えてくれている侍女らの出迎えを受けたネイディーンは、まずは労いの言葉を述べる。

「殿下の様子は変わりないかしら？」

「はい、なんと申しますか……」

老侍従が困ったように、顔を俯(うつむ)けている。

「なにかあったの？」

「いえ、ただ教師の話によりますと、ライオネル殿下は覚えが早く、非常に優秀な生徒ということです……が、まだときどき言葉に訛りが出るようでして……」

パーティの夜は完璧な王太子だったライオネルも、寛げる場所になると、もとに戻ってしまうようだ。

「仕方ないわ。一時中断していたとはいえ、短期間でここまで努力されたのよ。王太子としての自覚をお持ちだからだわ」

「そうですな。あとひと息と言ったところでしょうか。殿下も以前にも増し、熱心に取り組んでおられますからな」

ライオネルが次期国王として相応しい教養を身につけたら、ネイディーンとの結婚話も進んでいくことだろう。

必要もない。

「楽しみだわ」

「はい。そういうわけでございますので、しばらくお待ちいただけますでしょうか」

「ええ、わかっているわ」

ライオネルの邪魔をするつもりはない。あとほんの数時間で再会できるのだから、慌てる必要もない。

ライオネルが以前にも増して勉強熱心なこともあり、せっかく昼に到着したというのに、再会できたのは夜だった。

しかもディナーは別の時間帯となったため、これは明日の朝食時にしか会えないだろうと思っていたら、突然ライオネルがネイディーンの部屋を訪れたのだ。

「ネイディーン、元気だったか?」

まるで無邪気な子どものような笑顔を向けるライオネルに、ネイディーンは呆気にとられた。

「こんな夜遅く。もう休むつもりでいたのですよ?」

すぐに帰るわけではないのだから、用事があるなら、いつでもかまわないはずだ。

「十日以上も離れていたんだぞ。早く会いたいに決まっているだろう?」

「明日の朝食には会えます」

「俺は一秒でも早く会いたかったというのに、冷たいな」

ネイディーンとて会いたかったが、勉学に励んでいるということだったし、明日の朝、挨拶したほうがいいと判断したのだ。

「まあ、いいさ。それより話したいことがあったんだ」

「なんでしょう？」

「実は離宮に戻る前、フレデリックが謝りに来てくれた」

「フレデリックが？」

「俺を全力で支えてくれると誓ってくれた。念のため『一度は許すが、二度の裏切りは許さない』と、釘を刺しておいたが」

ライオネルとフレデリックが仲のよい従兄弟同士に戻ってくれたら、ラウィーニア王国は安泰だろう。

「よかったですわ。以前にもお話ししましたけれど、フレデリックは少年時代『僕は王国内で貧しい生活を余儀なくされている人、困っている人を助ける人間になりたいんだ。僕にできると思うかな、ネイディーン？』と語っていたくらいですもの。根は真面目な人ですから」

そんなフレデリックの手助けをしたいと、ネイディーンも宰相を志したのだ。

「いや、あの、大切な思い出に水を差すようで悪いんだが。お前、まだ五歳だったから、脳内で記憶が改ざんされたんじゃないのか？」

「改ざん？」

「その話をしたのはフレデリックじゃなく、俺なんだが？」

「えっ、ライオネル？　えっ？　えっ、えぇぇっ？」

ネイディーンの記憶にある少年は、確かにフレデリックのはずだ。

あの顔は紛れもなくフレデリックであり、ライオネルではなかった。

「あのころ俺とフレデリックはなんとなく似ていたからな。しかもその話のあとで、俺は誘拐されただろう？　年月が流れていく中で、自然と俺からフレデリックに変わっていったのではないのか？」

五歳のときのことだ。ライオネルの言うとおり、ネイディーンの中で記憶が塗りかえられてしまった可能性はある。

「そのあと、お前がなにを言ったのかも、どうせ憶えていないんだろう？」

「わたしが？」

なにか話をしただろうか。さすがに遠い昔のことだけに、はっきりしない。

「思いだすのを待っていたんだが、難しそうだな。お前は『とてもすばらしいです。わたしはおおきくなったら、でんかのきさきとなり、おたすけいたします』と言ったんだ」

「わ、わ、わたしが？　小さかったわたしがライオネルにそのようなことを？」

幼少時のネイディーンは仮にも王太子に対し、そんな大胆な発言をしていたのか。

いまさらながら恥ずかしさのあまり、顔がじんじんとして、熱湯のように頭が沸騰しそうだ。

「だから俺は『ネイディーンは僕と結婚したいの？』と言ったら、『はい。わたしはでんかがだいすきです。でんかとけっこんいたします』と、はっきり答えたんだぞ」

ネイディーンは全然記憶にない。さすがに十三年も前の出来事を思いだすのは無理だ。

「しかも『でんか、おやくそくのあかしです』と言って、俺にキスしてきたのはお前だ。俺の初めてのキスを奪ったのは、お前だぞ」

「え、えええっ？」

いくら五歳とはいえ、王太子にキスをするなどもってのほかだ。そんな大胆なことをしてしまったのかと、過去の自分を叱咤したい。

「幼児期の記憶など曖昧なことだとはわかってはいても、まさかフレデリックと置換していたとはな。けっこうショックだったぞ」

「そんなこと言われましても……」

ネイディーンはまだ小さかったのだ。責められても困る。

だいたい幼い子どもが口にする「結婚」など、大した意味はない。

「両親はもちろん、ネイディーンも俺を待っていると信じていた。だから戦地で生死を彷徨ったときも『俺を待ってくれている人たちのためにも、必ず母国へ帰るんだ』と、根性で生き抜いてきた」

ああ、だからなのかと、ネイディーンはいまさらながらに理解する。

アラベラたち四人と王太子妃候補になったとき、ライオネルは最初からネイディーンに決めていたと言っていた。

あれは幼いネイディーンとの約束を守るためだったからだ。

「遠い大陸に放りだされた俺には、ネイディーンの言葉が生きる支えだった」

「五歳の子どもの言葉が？」

「そうだ。俺を待っていてくれる女の子がいる。必ず生きて、帰るんだと思い続けてきた」

ネイディーンは改めて驚かされる。

小さな女の子からの求婚を支えにしなければならないほど、ライオネルは過酷な環境に生きてきたのだ。

「わたしは妻として、ずっとライオネルを支えます。もう離れることはありません」

「俺もお前を離すことはない……が、ちょっとした罰だけは与えなければな」

「えっ？　きゃっ」

ライオネルが屈みこみ、ネイディーンを軽々と抱き上げる。

そしてそのままベッドへと寝かされた。

「なんの罰ですの？」

「俺とフレデリックを脳内で取り換えていた罰」

「もう！」

誰でも幼少のころの記憶など曖昧なものだ。自然とどこかで変わっていくことなど珍しくはない。

「いいじゃないか。ネイディーンはこうやって辱めを与えられるのが好きだろう？」

ライオネルがネイディーンの寝衣を脱がしながら、うっすらと笑みを浮かべている。

逆を言えば、ネイディーンを辱めて楽しんでいるのもライオネルだ。

「ライオネルから辱めを受けるのが好きなだけです。これが他の男なら、その者の心臓に剣を突き刺し、地獄で後悔させてやります」

この身体はライオネル以外には触れさせない。

ネイディーンのすべてがライオネルのものだからだ。

「頼もしいな。それでこそ、将来の王妃に相応しい」

ライオネルが営みを始める前の儀式のように、濃厚なキスをしてくる。

「ん……」

口内を攻められるようなキスをされると、身体がじわっと熱くなり、ムズムズとしてきた。

「ネイディーン、乳首を攻め続けられるか、あるいは焦らされるか、どっちがいい？　お前て焦らされるのも、あとの楽しみを考えれば、これもいい。胸だけで達してしまえるネイディーンにとって、粒だけを弄られるのは歓喜だ。かといっ

「選べません。両方してほしいです」

に選ばせてやる」

「…………」

予想外の答えが返ってきたとばかりに、ライオネルがきょとんとしている。

「わたしはライオネルからなにをされても嬉しいから」

「お前に罰を与えるつもりだったのに、俺のほうが困ってしまったな」

苦笑しているライオネルに、ネイディーンもまた笑みで返した。

「では焦らしたあとで、攻めつづけて。そしてたくさんライオネルをいただきたいです」

「わかった。ネイディーンの望むようにしよう」

ライオネルは軽くキスをしてくると、胸部のいたるところを強く吸いながら、乳房を揉んできた。もちろん粒には触れてくれない。

肩からなぞるように腕へ、手へと行き、隅々までキスをする。もう片方の手も同じようにしたあとで、今度は腹部や鎖骨まで愛撫される。

「あ、ん、ライオネル……いい」

小さな快感の波が心地よく、焦らされつつも、じっくり愛されているようだ。

両足を開かされ、足も腕と同様にくまなくキスをされ、特につけ根は強く吸われた。

赤い跡が残るだろうが、ライオネルからの愛の印なのだから満足だ。

「ネイディーン。ここがヒクヒクしているぞ」

ライオネルから花弁を指で揉まれ、ネイディーンの身体は雷でも落ちたかのように、びくびくっとする。

「や、あ……」

そこは敏感なネイディーンにとって、一番の急所だ。胸よりも遥かに感じる。

「ダ……ダメ……です、もう……あ、あぁっ」

胸を弄られるよりも速く、瞬く間に頂点までいってしまう。

こんなにも淫らでいいものなのだろうか。

「ネイディーンは相変わらず、すぐ達くな。それともずっと触れてなかったからか？」

「感じる箇所を触られて、あっという間に達してしまう女はつまらないですか？」

「まさか！　逆だ。俺の手で、ネイディーンが何度も達するのを見ると、楽しいし興奮する。もっと俺の中で、快楽を味わわせたくなるほどだ」

「嬉しい」

ネイディーンが淫らになるほど、ライオネルが喜ぶのであれば、もっと快感を極めたい。

ライオネルの手に翻弄され、喘ぎ、たくさん達きたい。

「さあ、達けるだけ、達け。俺は絶頂で喘ぐネイディーンが見たいんだ」

胸の粒を弄られながら、蜜口に指が入りこみ、いい箇所を同時に攻められる。

「ああんっ」

二箇所をいっしょに弄られるのも好きだ。ライオネルがネイディーンで遊んでいるようにも見えるのだけれど、この戯れがまた格別だったりする。別世界に連れていってくれるような感覚になり、最高の時間をふたりで過ごせるのだ。

「あぁ、もう、ダメ……あ、あぁっ」

すぐに達してしまえるこの身体が恨めしい。しかし逆に何度でも絶頂を迎えられるからよくもあり、気分は複雑だ。

「ネイディーン、俺もお前の中に入りたい」

「はい。身体は十分慣らしてくださいましたから、いつでも受けいれる用意ができています」

ネイディーンが両手を伸ばすと、極上の笑みを浮かべたライオネルに抱きしめられる。唇と頬にキスをされると、両足を持ち上げられ、蜜液で溢れているその入り口に、熱い肉塊が押しいってきた。

「あうぅ、あぁぁ、ライオネル……いい」

こうして繋がり、ひとつになれるのが一番いい。ネイディーンがもっとも幸せに感じられる瞬間だ。

「俺もお前の中はとってもいい」

「ライオネル、ああ、もっと奥まで来て」

ずいずいと無遠慮に肉塊が進んでいき、ネイディーンはますます愉悦を感じる。

「普段は勝気なのに、俺の腕の中では愛らしく啼く。そんなお前を愛している」

「わたしもです。ラウィーニア王国王太子ライオネル殿下を心から愛しています」

ネイディーンはいま、この世で最高の幸せを手に入れた気分だった。

あとがき

はじめまして、桐舞子と申します。ご存知の方は久しぶりです。

元気なヒロインと変わった生い立ちのヒーロー王子を書いてみましたが、いかがだったでしょうか。

本作には無人島が登場しますが、実際に体験された方の著書や記事、ハワイや国内の無人島を参考にしてあります。

当初はライオネルとフレデリックが船上で決闘中、ネイディーンが誤って海に落ち、どこかの小島に流され、漁師に助けられるという設定になっていました。しかし無人島で、ふたりきりのラブな生活をさせるのもいいかもと思い、変更しました。

またイラストを描いてくださった園見亜季先生には、お礼申し上げます。キャラデザを見せていただいたときは、イメージ以上の主人公ふたりにうっとりしました。このあと届く表紙や挿絵も楽しみでなりません。

最後に、購入してくださった読者さま、丁寧に指導してくださった担当さま、いつも応援してくれている友人、作家仲間、先輩や同期の皆さま、ほんとうにありがとうございました。

桐舞子先生、園見亜季先生へのお便り、
本作品に関するご意見、ご感想などは
〒101-8405
東京都千代田区神田三崎町2-18-11
二見書房　ハニー文庫
「宰相を目指す公女は、野性王子に翻弄される」係まで。

本作品は書き下ろしです

宰相を目指す公女は、野性王子に翻弄される

2023年 1月10日　初版発行

【著者】桐舞子

【発行所】株式会社二見書房
東京都千代田区神田三崎町2-18-11
電話　03(3515)2311[営業]
　　　03(3515)2314[編集]
振替　00170-4-2639
【印刷】株式会社 堀内印刷所
【製本】株式会社 村上製本所

落丁・乱丁本はお取り替えいたします。
定価は、カバーに表示してあります。

ISBN978-4-576-22188-5

https://honey.futami.co.jp/

白ヶ音雪の本

魔女の呪いは××をしないと解けません!?

〜王さまとわたしのふしだらな事情〜

イラスト=DUO BRAND

媚薬の調合で生計を立てるルーナは呪いにかかった魔女。
国王アクセルの下半身事情を薬で世話することに、身体は発情したように熱くなり…!?